KB096445

인간만세

오한기
소설

인간만세

차례

답십리도서관에서 상주 작가로 일한 건 작년 가을부터 올해 봄까지였다. 문화예술위원회의 지원을 받아 200만 원의 월급을 받고 자서전 특강, 독서 토론회 운영 따위를 하는 일종의 계약직 강사였다. 주 5일을 9시까지 출근해야 했지만 나름 만족했다. 월급도 월급이지만 시내가 내다보이는 옥상이 있었고, 혼자 쓸 수 있는 작업실이 있었고, 장시간 앉아 있어도 허리가 아프지 않은 상주 작가 전용 의자도 있었고, 소설을 쓸 때 아무도 건들지 않았고, 프린터를 마음껏 사용할 수 있었고, 무엇보다 인근에 서울에서 가장 맛있는 돈가

스집이 있었다.

인연이랄 것까진 없었지만, 도서관에서 만났던 사람 중에는 그가 기억난다. 이름이 가물가물해서 뭐라고 부를까 고민하다가 최근 쓰고 있는 소설 속 인물을 따서 그냥 진진이라고 부르겠다. 하나하나 뜯어보면 미남이었지만 전체적으로 보면 어딘지 모르게 이상했다. 음울한 어투와 코를 찡긋거리는 버릇은 아직도 눈에 선하다. 주사파 정권이 김정은과 손잡고 고려연방제를 주창할 거라는 주장을 입버릇처럼 했기 때문에 정치적 성향은 짐작할 수 있었다. 진진은 은행원이었고, 상담을 받으러 나를 찾아왔다. 상주 작가 담당 사서가 하루키의 고민 상담소인가 뭔가를 패러디해서 야심차게 기획한 공고를 보고 찾아온 것이었다. "문학동네 젊은작가상을 수상한 전도유망한 소설가가 인생 상담을 해드립니다." 이게 그 낯부끄러운 공고문 타이틀이었다. 당연히 진진을 제외하고는 아무도 오지 않았다.

매주 토요일 서너 시, 진진은 도서관 3층에 위치한 작업실 문을 두드렸다. 진진은 타고난 외톨이였고, 매일 밤 자살 충동에 시달렸으며, 속마음을 털어놓지 않으면 미칠 것 같아서 나를 찾아왔다고 했다. 이게 첫날 진진에 대해 알게 된 사실이었다. 그 뒤 몇 번은 상담이랍시고 이것저것 적기도 하고 훈수도 두었는데, 언제부턴가는 외톨이에 걸맞은 진진의 삶이 너무나 우울해서 듣기만 해도 벅찰 지경에 이르렀다. 그렇게 심각한데 왜 저를 찾아왔나요? 병원에 가시지. 한 달 정도 그의 인생 역정을 듣고 나서, 진진이 점점 부담스러워지기 시작했을 때, 나는 질문을 했다. 그러자 진진은 자신의 꿈에 대해 말했고, 나는 그가 조금은 다른 외톨이라는 걸 눈치챘다. 제 꿈은 은행 강도입니다. 아주 오래전부터요. 진진이 이렇게 말한 뒤 비밀이니 절대 발설하지 말라고 덧붙였다. 괜한 질문을 했구나, 부담스럽게 왜 비밀을 털어놓을까 같은 생각을 하고 있을 때, 진진은 도서관에서 『곰 사냥』을 빌려 읽었다며 의미심장한 웃음을 지었다. 마치 동료 악당을 만났다는 듯이. 작가님과는 대화가 통할 것 같았습니다. 그 소설을 읽고 확신했죠. 그래서 찾아온 겁니다. 좀도둑질이라도 들킨 듯 가슴이 철렁했다. 『곰 사냥』은 소설가와 시인이 곰 가면을 쓰고 은행을 터는 장편이었다. 맞다. 나는 은행 강도에 낭만 같은 걸 간직하고 있었다. 말이 나왔으니 하는 소린데, 나는 은행 강도가 사라지고 있는 현실이 서글펐고, 과도하게 발전한 보안 시스템을 증오했으며, 영화나 드라마에 은행 강도가 나오면 무조건 은행 강도 편이었다. 빌어먹을 경찰들! 나는 달리 할 말이 없어서 웃음으로 맞대응했고 그는 만족한 듯 고개를 주억거리며 말을 이었다. 진진이 은행 강도가 되고 싶은 이유는 엄마 때문이었다. 진진의 엄마는 보험 설계사로, 사업을 부도낸 배우자의 빚을 갚느라 인생 대부분을 좀먹었다. 한 달에 이자만 천만 원 넘게 빠져나갔는데, 엄마는 앓는 소리를 하면서도 갚았고, 어린 시절 진진은 끙끙 앓는 소리를 하면 돈이 생기는 줄 알았다. 사춘기 땐 돈 없다고 징징거리는 엄마도 싫었고 돈 달라고 징징거리는 은행도 싫었는데 그래도 은행 쪽이 조금 더 싫었다. 그러던 어느 날, 진진은 은행을 털어서 대출금을 갚는 아이디어를 떠올렸다. 보세요. 은행은 돈을 보관해주고 그 돈을 투자하고 불려서 다른 사람에게 빌려주고는 이자를 받습니다. 은행은 그 자체로 강도나 다름없고, 저는 강도를 터는 강도가 될 것이니, 즉 강도가 아닙니다. 이 도서관도 마찬가지죠. 세금으로 책을 사고 온갖 생색을 내며 책을 빌려주잖아요. 대체 독촉은 왜 하는 겁니까? 나는 진진의 논리적 비약에서 한물간 아나키스트를 떠올렸지만 티 내지 않았다.

남들이 봤을 때 나 역시 그럴 테니.

진진은 솔직했다. 고등학교 때 장래 희망을 은행 강도라고 적어 낸 것이었다. 담임은 착오가 있었거나 장난이라고 여기며 상의도 없이 진진의 장래 희망을 은행원이라고 고쳐버렸다. 진진은 반발하는 대신 차라리 잘됐다고 생각했고, 은행 강도라는 장래 희망을 공공연하게 떠들고 다녀서 좋을 건 없다는 것도 깨달았다. 그때부터 진진은 은행원으로 장래 희망을 수정했다. 일단 은행원이 되자. 그럼 은행 구조, 탈출구, CCTV 사각지대를 파악하는 데 용이하고, 진급할수록 은행의 비밀 따위에 점차 접근할 것이고, 은행장이라도 되면 VIP 금고에 마음껏 들락거릴 수 있을지도 몰라! 게다가 당장 은행 강도가 되지 못하더라도 은행원으로 생계를 해결하며 미래를 도모할 수 있잖아. 아무 준비 없이 은행 강도가 되면 실패할 확률이 높고, 옥살이를 하고 나오면 사회 낙오자가 될 게 빤한데 확실히 하는 게 낫지.

진진은 서울 소재 사립대 식품공학과를 졸업한 뒤 은행에 취직했다. 그래서 계획대로 진행되고 있나요? 내가 물었다. 그는 고개를 가로저었다. 종일 대출 상담을 하고 나면 은행을 털 욕구가 사라진다고 했다. 안대를 쓰고 침대에 눕고 싶을 뿐이죠. 꿈에 지폐 계수기가 나오지 않길 바랄 뿐입니다. 그가 덧붙였다. 욕망을 되살리는 게 중요해요. 욕망을.

새해가 밝고 처음 맞이한 주말, 그는 평소와 달리 들떠 있었다. 말투도 빨랐고 호흡도 가빴다. 무슨 일이냐고 묻자, 그는 드디어 은행을 털 절호의 기회를 잡았다고 했다. 어떻게요? 동지가 생겼어요. 그게 누구냐고 물었다. 저희 은행 청원경찰이요. 진진이 말하길, 청원경찰은 전문대 연극영화과를 중퇴하고 경비 업체에 입사한 박보검을 살짝 닮은 친구인데, 어느 날 진진에게 슬쩍 대출에 대해 물었다. 진진이 계약직은 대출이 어렵다고 하자 청원경찰은 좌절했고, 그때 진진은 청원경찰에게서 이 세상에 대한 적의를 엿봤다고 했다. 어린 시절 자신이 떠올랐다고 덧붙이기도 했다. 다음부터는 예상한 대로. 그날 밤 그들은 술잔을 기울이며 의기투합을 했다. 게다가 그 친구는 허리춤에 총도 차고 있잖아요! 손 들어! 꼼짝 마! 연극을 했었다니 연기도 될 거고. 일이 틀어지면 다 쏴 죽이죠, 뭐. 이건 거의 운명이에요. 설마 청원경찰의 총이 가스총이라는 사실을 모르는 건가 생각하고 있을 때 그가 이만 가봐야 한다며 일어섰다. 나는 그를 로비까지 배웅했다. 왠지 마지막인 것 같아서였다. 내가 인사를 하자 그는 손가락을 치켜들었다. 조심해요, 조만간 예행연습 삼아 도서관에 있는 책을 모조리 훔칠 생각이니까. 예전에 도서관도 은행과 다를 바없다고 한 거 기억나죠? 들켜봤자 돈도 아니고 책인데 뭐 징역 몇 년 살겠어요? 그가 내 귀에 입을 바싹 붙이고 속삭였다. 작가님, 이 계획이 새어 나가면 작가님을 죽일 거예요. 제 꿈에 대해 알고 있는 사람은 작가님뿐이거든요. 못 믿겠죠? 제가 도서관을 털었다는 증거를 남겨놓을 테니 보세요. 왠지 돋아 오르는 소름은 주체할 수 없었다. 그사이, 그 증거가 대체 무엇인지 물을 겨를도 없이, 진진은 시야에서 사라지고 있었다.

그 뒤 진진은 찾아오지 않았다. 도서관은 털리기는 커녕 지역구 국회의원 기증 도서 수천 권을 전시하느라 책장을 더 주문해야 했다. 인터넷을 검색해봤지만 은행이 털렸다는 뉴스 같은 건 보이지 않았다. 한 달이 지나자 나는 진진을 완전히 잊었다. 상주 작가 계약 기간이 끝날 시기가 다가왔기 때문이었다. 바빴다. 자서전 특강 수강생들의 글을 모아 책을 만들었고, 『나는 자급자족한다』를 마무리했다. 무엇보다 미래를 모색해야 했다. 무슨 일로 밥벌이를 할지 찾아야 했고, 혹시 드라마 작가가 돼 부귀영화를 누릴 수 있지 않을까 기대하며 〈사서삼경〉이라는 단막극과 〈미지와의 조우〉라는 미니 시리즈를 써서 공모전에 제출했다. 무엇보다 일본 정보부에 40년째 쫓기고 있다는 주민 하나가 하루에도 몇 번씩 탄원서를 다듬어달라고 작업실 문을 두드리는 통에 숨어 다니느라 정신없었다.

또렷이 기억한다. 4월 6일. 식목일 다음 날. 출근했는데, 도서관 곳곳에 폴리스 라인이 쳐져 있었고 경찰이 돌아다녔다. 사서에게 무슨 일이냐고 물었더니 어젯밤 강도가 들어서 책을 모조리 훔쳐 갔다고 했다. CCTV 분석 결과 강도는 두 명의 남성이고 복면을 쓰고 있어서 확실치는 않지만 하나는 도서관 회원으로 추정된다고 했다. 짐작 가는 회원 있나요? 사서가 물었다. 나는 괜히 찔려서 고개를 세차게 흔들었다. 사서는 이상하다고 했다. 왜 그러냐고 묻자 사서는 책이 전부 사라졌는데, 『곰 사냥』만 남아 있다고 했다.[1]

---

1 오한기, 「상담」 전문, 『멜랑콜리 해피엔딩』, 2019, 작가정신.

제목은 「상담」. 답십리도서관에서 발행하는 계간 소식지에 발표한 짧은 소설이다. 답십리도서관 상주 작가 경험을 토대로 쓴 것이다.

「상담」은 쓴 뒤 두 번 다시 들춰보지 않은 소설이다. 원고료도 없고 예산을 소비하기 위해 관습적으로 발행하는 소식지에 발표하는 거라서 대충 썼는데, 혹시 허점이라도 보이면 어쩌나 싶어서였다. 나는 내 단점을 직시해서 수정하기보다 외면하는 나약한 타입이니까. 특히 진진이 도서관에서 예행연습을 했다는 게 작위적으로 느껴져서 그 대목을 다시는 읽고 싶지 않았다.

시간이 흘렀다. 기억에서 사라지나 싶었던 「상담」은 특별한 소설이 돼버렸다. 2012년부터 시작된, 길다면 길고 짧다면 짧은 작가 인생에서 가장 활기 넘치는 독자와의 소통을 경험하게 해줬기 때문이다. 다름 아니라, 「상담」을 읽은 한반도 민중사서협회 명예회장이라는 작자에게 명예훼손죄로 고소당한 것이다. 사유는 사서를 은행 강도와 동일시하며 폄하했다는 것.

지금은 고소가 취하됐다. 한반도 민중사서협회 명예회장이 교통사고로 코마 상태에 빠지는 바람에 보호자가 고소를 대리 취하한 것이다. 아직 병상에 계시다고 들었는데, 이 자리를 빌려 회장님의 쾌유를 빈다.

단지 고소당한 후일담을 밝히기 위해 「상담」을 끌어온 게 아니다. 급한 게 아니니 「상담」을 불러온 이유는 차차 밝히도록 하겠다. 그 전에 우선 이 글을 쓰는 이유에 대해 밝히는 게 맞는 것 같다. 다름 아니라 한국문화예술위원회의 청탁을 받았기 때문이다. 임기를 마치기 전 상주 작가 경험을 토대로 에세이를 써달라는 요청이었다. 내가 에세이는 자신 없다고 하니까 소설도 상관없다고 했다. 내가 쓴 글은 기본적으로 빈정거림, 비아냥거림, 과장, 비논리가 뒤섞여 있어서 국가정책 홍보에 적합하지 않다고 했지만 문화예술위원회는 상관없다고 했다. 오히려 홍보라는 것을 티 내지 않는 게 문학다워서 좋다고 했다. 문학답다니. 수락할 수밖에 없었다. 세금 받아먹기는 이렇게 고된 것이다.

뭘 쓸까 고민하다가 처음에는 상주 작가로서 행복했던 기억을 더듬었다. "내 인생을 기록하자"라는 타이틀의 자서전 쓰기 특강을 마친 뒤, 60대 수강생들과 글을 모아 책을 만들었던 기억이다. 동네 작은 인쇄 업체에서 제작한 조악한 책이었지만 모두 진심으로 기뻐했던 게 기억난다. 수강생 한 분이 운영하는 논술 교실에서 출간 파티도 했다. 케이크에 촛불을 꽂고 기념사진을 찍는 동안 수업 시간에 들었던 회원들의 인생을 떠올렸고 코끝이 찡했던 게 떠오른다.

그러나 도무지 행복은 글로 풀리지 않았다. 그래서 포기했다. 그다음에는 독서 동아리 답고독(답십리도서관 고전소설 강독회)에 대해 쓰려고 했다. 국립대 화학과 교수 출신 회원과의 실화를 토대 삼아. 교수는 2년 전 정년퇴직한 뒤 연금을 받으면서 죽음을 기다리는 속 편한 산송장이었다. 유전적 요인으로 시력이 감퇴되고 있었는데, 어린 시절 가난해서 스탠드도 없이 『수학의 정석』을 반복해서 읽어서 그렇다고 자학 개그를 선보이곤 했다. 마무리는 언제나 서울대 화학과 수석 입학이라는 자랑으로 끝났다. 괜히 배알이 꼴려서 그런데 왜 지방대 교수밖에 못했어요?라고 묻고 싶었지만 왠지 상주 작가 실습수업에서 F학점이라도 받을 것 같아서 묻지 못했다.

회원의 반은 결석이고 참석자의 반은 책을 읽지 않고 오는 도서관 독서 동아리의 특성을 고려해볼 때, 교수는 매주 책을 읽어 오는 성실한 회원이었다. 내가 궁금한 건 보이지 않는데 책을 어떻게 읽냐는 것이었다. 교수는 쌍둥이 손자들을 시켜서 책을 읽게 하고 용돈을 준다고 했다. 교수가 상주 작가의 작품이 궁금하다며 『홍학이 된 사나이』를 읽고 왔던 날이 떠오른다. 교수는 손자들의 머릿속이 오염된 것 같다면서 혀를 끌끌 찼고, 나는 얼굴이 빨개졌다. 자학하기도 지친다.『홍학이 된 사나이』를 쓴 건 일생일대 실수였다!

교수는 답고독의 유일한 회원이었다. 물론 시작할 때부터 회원이 교수 혼자였던 건 아니다. 초기 회원은 스무 명. 매주 수요일 저녁이면 회원들은 도서관 지하 소강의실에 모여들었다. 지역사회 네트워크의 문학적 자율성 함양이라는 거창한 콘셉트로 시작된 답고독에서 내 역할은 일종의 가이드였다. 도서를 선정하고 말문을 트게 해주는 토론거리 서너 가지를 준비해 오는 역할이었다. 내가 굳이 뭘 하지 않아도 알아서 돌아가는 시스템이었다. 나는 알바를 고용한 커피 프랜차이즈 사장 같은 느낌으로 답고독에 출석해 자리를 지켰고, 준비해 온 화두를 던진 뒤 회원들이 가져온 쿠키와 유자차 같은 걸 먹으며 고개를 끄덕이거나 생각에 골몰하는 척했다.

그럼 다음 분. 관련 의견 있으세요? 없으시면 다음으로 넘어가겠습니다.

가끔 말이 끊겼을 때 이 정도 멘트만 하면 된다. 한 달에 200만 원 벌기가 이렇게 쉬웠다니. 진작 상주 작가가 됐어야 했는데. 교수를 만나기 전까지만 해도 이렇게 생각했던 것 같다.

무의식적으로 상주 작가를 만만하게 여겼는지
도 모른다. 평화가 산산조각 나기 직전에도 전조
증상조차 느끼지 못했으니까. 답고독에 교수가
가입한 것이었다. 그저 은퇴한 교수가 동아리에
가입한다고 해서 수다쟁이 하나 더 가입했으니
토론이 수월해지겠구나 하고 내심 흐뭇해했던 게
기억난다. 그러나 그날 이후 교수는 답고독을 파
괴했다. 회원들에게 시비를 걸어서 모두 내쫓아
버린 것이었다.

　대체 문학은 무슨 의미가 있는 거죠? 소설에는
어떤 가치가 있는 거냐고요.

　이 질문이 교수의 트레이드마크였다. 이 질문
을 견딜 수 있는 자는 아무도 없었다.

　그게 무슨 말이죠? 논리적으로 말해보세요.

　대꾸를 하면 이런 반박이 돌아왔기 때문이었다.
논리와 비논리를 따지는 사람은 승부욕이 강해서
도통 타인의 논리를 인정하지 않기 마련이다.

　이제 작가 선생이 좀 말해주십시오. 이 분야 전문
가 아닙니까? 대체 소설이 무슨 가치가 있는 거죠?

　회원 수가 절반으로 줄어들었을 무렵, 나는 타

깃이 됐다. 회원들이 슈퍼 히어로로 보듯 나를 바라봤고, 나는 교수와의 설전에서 이기고 지는 게 존경받는 상주 작가 선생님이 될 것이냐 한량 백수 작가가 될 것이냐 가름해줄 것이라는 직감이 들었다. 솔직히 말해 나 역시 교수의 의견에 동의했지만, 동의한다고 말했다가는 입지가 불안해질 거라서 어떻게 처신해야 할지 난감했다.

그럼 교수님은 이 동아리는 왜 든 거죠?

나는 어쩔 수 없이 수동 공격적으로 되물었다. 교수는 평생 대학 강단에 섰다는 것을 강조하며, 과학이 문학에 비해 우등한데, 일반 대중은 과학보다 문학을 선호한다고, 그 이유를 알고 싶어서 동아리에 가입했다고 했다. 나는 〈빅뱅이론〉 같은 시트콤은 과학을 다루는데도 인기가 있지 않냐고, 과학은 더 가벼워질 필요가 있다고 했고, 교수는 과학은 본질적으로 가벼워서는 안 되는 학문이며, 그 시트콤은 과학이 아니라 문학에 가깝다고 받아쳤다. 나는 더 이상 할 말이 없어서 머뭇거렸고, 머지않아 교수의 미소를 보며 패배를 직감했다.

대체 문학은 무슨 의미가
있는 거죠?

이 질문이 교수의
트레이드마크였다.

이 질문을 견딜 수 있는
자는 아무도 없었다.

문학은 숭고합니다. 숭고함에 인생을 투신한 작가님께 그렇게 불결한 질문을 퍼붓다니 더 이상 참을 수 없군요. 작가님 죄송합니다. 저는 탈퇴하겠습니다.

그때 회원 중 하나가 일어서서 나갔다. 다른 회원들이 줄줄이 교수를 노려보며 뒤따라 나갔다. 마침내 나와 교수만 남았다.

작가 선생, 저는 기필코 밝혀낼 겁니다. 대체 소설에는 어떤 가치가 있는 겁니까? 작가님은 그 소설을 직접 쓰시니 잘 알 것 아닙니까?

교수가 나를 바라봤다. 나는 침을 꿀꺽 삼켰다.

작가 선생의 추천으로 고전들을 몇 권 읽어봤는데, 이 작품들이 왜 명저 취급 받는지 도무지 모르겠더군요.

교수가 덧붙였다.

어떻게 인간이 바퀴벌레가 됩니까? 이건 문학이 아니라 망상이잖아요.

그날 선정 도서는 프란츠 카프카의 『변신』이었고, 교수는 분노에 찬 표정으로 『변신』을 흔들어댔다.

동감합니다. 솔직히 저 역시 문학을 신뢰하지 않습니다. 문학의 의미, 소설의 가치 따위는 당연히 모르죠. 그러니 저에게 묻지 마세요. 차라리 〈알쓸신잡〉에 사연을 보내서 유시민한테 물어보세요. 논리적으로 설명해줄 거예요.

눈치 볼 사람이 없어졌고, 나는 솔직해질 수 있었다. 교수가 예상치 못한 답변에 당황했는지 쉽게 입을 열지 못했다.

아니면, 저와 함께 고전을 읽으며 밝혀보든가요. 피차 모르는 사람들끼리.

때를 노려 내가 제안했다. 교수마저 동아리를 탈퇴한다면, 답고독은 사라질 것이고, 관장에게 보고가 될 것이며, 상주 작가로서의 입지는 교수와의 말다툼에서 진 것과는 비교할 수도 없이 불안해질 것이다.

솔직한 건 마음에 드는군요.

다행히 교수는 씩 웃으며 제안을 받아들였다.

작가들이 워낙 단순 무식해서 그런가.

뒤이은 교수의 혼잣말은 못 들은 척했지만.

해도 해도 정도가 있지, 교수는 과했다. 무슨 말만 하면 문학을 싸잡아 비판했고, 나는 내가 이토록 문학을 사랑했었나 좌절할 만큼 얼굴이 달아올랐다. 인내심은 얼마 지나지 않아 바닥났다. 입지고 뭐고 그의 코를 납작하게 해주고 싶었지만, 문학이 과학보다 위대한 이유는 모르겠으므로, 논리적으로는 교수를 당해낼 재간이 없었다. 답고독을 존속시키기 위해서라도 마음을 다스려야 했다. 과학자가 범접할 수 없는 비논리적인 무언가로.

고민 끝에 교수를 로봇이라고 여기기로 했다. 인간의 화를 돋우기 위할 목적으로 설계된 로봇. 예술가, 그중에서도 작가군의 분노조절장애를 테스트할 목적으로 종합병원 정신과 따위에 상주하는 로봇. 공공 기관에 특정한 목적을 지닌 채 머무는 거니까 상주 작가 신세나 마찬가지네. 그렇게 생각하자 교수를 대할 때 느껴지는 분노나 열등감 따위는 그러려니 하는 감정으로 변해버렸다. 왜냐하면 애초부터 교수는 내 화를 돋우기 위해 만들어진 유기체니까. 교수의 말과 행동 패턴은 모두 매뉴얼화돼 있는 것뿐이니까. 문학에 대한 대비를 선명하게 드러내기 위해 고학력자 화학 교수로 설정됐을 뿐이니까. 교수의 잘못은 없으니까 화를 내봤자 내 손해지.

그럼 교수-로봇에게 새로운 이름을 지어줄까. KC. 어떤가. 소설가 카렐 차페크Karel Capek에서 따온 것이다. 물론 의미가 있다. 카렐 차페크는 저명한 소설가이기도 하지만 로봇이라는 용어의 창시자이기도 하다. 문학과 로봇 모두를 충족하는 작명.

KC: 작가 밀집 정신병동 상주 로봇. 나이 73. 본인이 화학 교수라고 여기도록 설정. 기술 결함으로 시력이 약함. 생식기능은 없지만 시스템에 입력된 쌍둥이 손자 로봇이 있음. 기타 주입된 성격: 외톨이이자 독설가. 문학에 대한 혐오. 지방대 교수라는 콤플렉스.

수요일 오후 일곱 시. KC가 도서관에 들어선다. KC의 발소리는 언제나 일정하게 도서관 지하 복도에 울려 퍼진다. 저벅저벅? 카랑카랑? 소리가 중요한 건 아니다만. 아무튼 KC가 강의실에 도착하면, 둥글게 모여 수군거리던 인간들이 임무를 끝낸 가짜 군중처럼 흩어진다. 그 광경을 우두커니 바라보는 KC. KC는 무슨 생각을 하고 있을까. 그때 KC는 강의실에 유일하게 남아 있던 인간인 나와 눈이 마주친다. 나는 KC에게 손짓한다. KC가 잠시 멈칫하더니 자리에 앉는다. 둥글게 배치된 의자에. 그가 내쫓은 사람들이 나간 자리, 그래서 드넓은 공간에 나와 KC만 앉아 있다.

문학은 대체 무슨 가치가 있는 거죠?

KC가 묻는다. 설계자는 문학 혐오를 KC의 반도체에 시스템화했다. 내가 문학에 대해 무슨 말을 해도 KC의 대답은 하나다.

과학은 문학보다 위대합니다.

그렇다면 시스템 매뉴얼에 없는 것?

그게 KC를 이길 수 있는 힌트가 되지 않을까?

끄끄끄끄끄끄.

어느 날 KC 앞에서 이 소리를 내봤다. KC는 나를 보곤 고개를 갸웃했다. 뜻을 유추하기 어려운 의성어. 그는 반도체 회로가 엉킨 듯 오줌 마려운 표정을 짓는다. 그때 카운트 펀치.

끄끄끄끄끄끄.

나도 모르겠다. 군이 정의하자면, 아니, 지금 지어내자면 울면서 웃기다. 이런 양가적인 감정이 로봇에게 있을 턱이 있나.

끄끄끄끄끄끄.

다시 한번 소리를 낸다.

미안하오.

그가 말했다.

끄끄끄끄끄끄.

제발! 제발!

KC가 무릎을 꿇고 귀를 막는다.

뭐, 처음에 구상했던 건 이런 식의 우화이다. 상주 작가와 KC가 티격태격하는 블랙코미디. 제목은 '사람다운 이야기'.

〈사람다운 이야기〉 시놉시스를 좀 더 이야기해
보자면, 개발자의 도움으로 체내에 _ㄲㄲㄲㄲㄲㄲ_
적응 패치를 업그레이드한 KC. KC를 버티다 못
한 나는 양가적인 뉘앙스의 웃음 대신 염산을 뿌
린다. 물론 KC는 죽지 않는다. KC는 염산에 반응
하지 않는 백금 합성물로 제조됐으니까. 그걸 내
가 알 턱이 있나. 더군다나 백금과 합성된 염산이
우연히 대기 중에 떠돌던 코로나 바이러스에 반
응하면서 다이아몬드보다 더 단단한 물질로 재탄
생한다. 결국 KC는 노벨화학상을 수상한다. KC
의 노벨화학상 수상 소감은 이렇다. 이 수상의 영
광을 _ㄲㄲㄲㄲㄲㄲㄲ_를 통해 인간에 대한 깨달음을
선사한 답십리도서관 상주 작가에게 돌립니다.

마지막 시퀀스는 미리 써놨는데 버리기 아까
워서 올려본다. 나는 유명세를 떨치고 있는 KC가
괜히 얄밉다. KC는 답십리도서관으로 금의환향
을 하고 노벨상에 공이 있는 내게 답례를 하고 싶
어 한다. 나는 답례 대신 함께 어린이대공원에 놀
러 가고 싶다고 한다.

서울어린이대공원? 서울특별시 광진구 능동로 216에 위치한 서울어린이대공원은 1970년 박정희 대통령이 건설을 지시했고 1973년 개원했다.

KC가 인터넷 백과사전을 찾아보며 고개를 갸웃거린다. 나는 KC를 채근한다. KC가 마지못해 고개를 끄덕인다.

문명의 반대는 야성. 야성의 상징은 사자! 하마! 코끼리! 답십리에서 가장 가까운 동물원은. 어린이대공원이다. 그게 사자든 하마든 코끼리든 우리 안으로 KC를 밀어버리겠다!

우리는 어린이대공원에 도착한다. 나는 KC에게 딸기 아이스크림을 먹자고 제안한다. 딸기 아이스크림을 먹을 수 없는 KC, 멍하니 들고만 있다. 햇빛은 딸기 아이스크림을 녹여버린다. KC의 몸체로 뚝뚝 떨어지는 딸기 아이스크림. 그 순간 나는 사자 우리를 향해 그를 민다. 사자는 KC를 와그작와그작 씹어버린다. KC가 박살난 뒤 사자는 낮잠을 자러 들어간다. 우리에 나뒹구는 KC의

부속품들 사이에 녹아버린 딸기 아이스크림이 흥건하다. KC에게 딸기 아이스크림을 들려준 건 피를 보고 싶어서다. 인간에게 있어서 피는 죽음의 환유다.

물론, 현실에서 교수는 멀쩡하게 살아 있다. 요새는 철학 동아리에도 가입해서 분탕질을 하고 있다고 들었다. 철학은 과학의 시녀에 불과하다고 주장하면서. 철학이 대체 무슨 의미냐고 소리 지르면서. 소크라테스를 읽을 시간에 주기율표나 외우라고 혀를 차면서. ㄲㄲㄲㄲㄲㄲ. 이런 방식으로 대처하면 될 텐데. 철학 동아리원이 이 글을 읽으면 도움이 되려나.

KC 이야기를 결국 쓰지 않기로 한 데는 이유가 있다. 세상에는 넘어가는 사람과 넘어가지 않는 사람이 있는데, 한반도 민중사서협회 명예회장과 마찬가지로 교수는 넘어가지 않는 사람이라는 예감이 들어서였다. 만약 교수가 〈사람다운 이야기〉를 본다면 나는 두 번째 고소를 당할 것이다.

보아하니 교수는 몸을 사리는 스타일이라 코마에 빠질 것 같지도 않다.

하나 더. 로봇 이야기라는 것도 마음에 들지 않았다. 나는 생각보다 보수적인 사람이라서 로봇과 인간이 대결을 하면 무조건 인간을 응원한다. 이세돌은 나의 영웅이다.

결국 고리타분하지만 내가 사랑해 마지않는 인간의 심연에 대한 이야기, 로봇 따위는 비견조차 될 수 없는 인간의 근원적 본성과 내면에 대한 소설, 그러니까 인류애에서 비롯된 감동이 가득한 인간 본연의 아름다움을 소설화해 보기로 했다.

그래서 떠올린 게 똥이다. 똥이야말로 인간의 트레이드마크이다. 부정할 필요 없다. 모두 오늘 아침에 똥을 싸고 출근하지 않았는가! 변비에 걸려봐, 머릿속에 똥 생각밖에 안 들지. 똥 생각하면서 출근하고, 똥 생각하면서 점심 먹고, 똥 생각하면서 잠들고. 똥! 똥!

물론 지구상에 존재하는 모든 생물들이 다 배설물을 배출하는데 왜 똥이 인간만의 트레이드마크냐고 묻는다면 할 말은 없다. 물고기들도, 새들도, 하다못해 곤충들도 똥을 싸지른다. 하나 제안한다. 이야기를 어렵게 끌고 가진 말자. 동물은 배제하고 단순하게 생각합시다. 인간 이꼬르 똥입니다. 이건 인간만의 이야기입니다!

어디에서부터 시작해야 할까. 솔직히 말하면 똥 이야기는 차고 넘친다. 기네스북에 오르기 위해 둘레 60센티미터의 똥을 싸려고 한 달 동안 억지로 참다가 대장과 항문이 막혀서 죽은 해군 장교 이야기. 인간이 실은 외계인이 싸놓은 똥 속에 기생하는 기생충이라는 음모론으로 사이비 종교를 만든 여고생 이야기. 똥으로 사제 폭탄을 만들어서 G7에 터트리고 세계를 통일한 오타쿠 이야기…… 이제 적당한 이야기를 골라 답십리도서관과 연결시키기만 하면 된다.

어때, 재미있을 것 같지 않아?

인간 이꼬르 똥입니다.

이건

인간만의 이야기입니다!

주민센터에서 9급 공무원으로 일하는 후배에게 전화 걸어서 신작 소설 이야기를 했다.

「날개」, 「천변풍경」, 「운수 좋은 날」, 「소나기」와 선배 소설의 차이점이 뭔 줄 알아?

글쎄? 그 소설들은 유명한 소설 아니야? 내 소설은 유명하진 못하지.

아니, 그 소설들은 교과서에 실렸지만 선배 소설은 실리지 않은 거야. 높은 확률로 선배 소설은 미래에도 교과서에 실리지 못할 거야. 이유가 뭔지 알아? 리얼리티가 결여돼 있기 때문이지. 시대상을 반영해야 소설은 미래에도 가치가 있는 거라고. 그래서 리얼리즘이 위대한 거야!

후배의 반응은 시니컬했다.

리얼리티라…… 리얼리즘이라…….

나는 중얼거렸다. 교과서에 실리고 싶은 욕심은 없지만 리얼리티는 항상 성취하고 싶은 지점이었다.

나는 전화를 끊은 뒤 주위를 둘러봤다. 리얼리티라. 어떤 게 있을까. 도서관 상주 작가 작업실에 대체 뭐가 실존하고 있을까. 시야에는 책, 책장, 노트북, 프린터가 걸렸다. 소설의 주제는 똥인데 똥과 관련된 리얼리티가 없잖아! 이대로라면 허무맹랑한 똥 이야기에 불과해! 그래. 화장실! 문을 박차고 복도로 나서자 화장실이 보였다. 맞아. 화장실 속에는 변기가 있고 변기에는 누군가의 똥이 담겼다가 사라지길 반복할 것이다. 불현듯 머릿속에 그림이 하나 그려졌다. 거대한 똥 덩어리가 가득 찬 변기. 그래. 도서관이나 지하철역, 공원 같은 공중화장실 변기는 유독 자주 막힌다. 도서관에 상주하면서 사람보다 똥을, 변기 속에 가득 차 있는 똥을 더 많이 봤다고 하면 과장일까? 과장이지만 사실에 근거한 것이다. 개인의 일탈이 아니다. 동시다발적으로 공공장소 화장실의 변기 속에서 똥 덩어리가 발견된다는 건 사회 시스템의 오류라는 의미다. 즉 리얼리티다. 리얼리즘이다!

리얼리티를 강화하기 위해 실제 사례를 수집하다가 기사를 하나 접했다. 공중화장실이 일반 화장실보다 빈번하게 막힌다는 내용의 기사였다. 저소득층이 고소득층에 비해 공중화장실 이용 횟수가 잦고, 입자가 거친 음식을 먹는다는 통계도 나와 있었다. 정리하면, 저소득층의 거친 대변들로 인해 공중화장실 변기가 자주 막힌다는 것이었다.

사람 입장에서만 생각했나. 사람마다 먹는 음식과 내장 기관의 특성이 다르고, 그에 따라 똥의 성분이 상이할 텐데 변기 하나가 너무 다양한 똥을 받아들여서 과부하가 걸리는 것 아닐까. 혹시 너무 많은 자들이 엉덩이를 들이댔기 때문일까. 아니면, 낯이라도 가리는 걸까. 그것도 아니면, 토악질을 하는 걸까. 너무 역겨워서 똥을 먹지 못하고 뱉어내는 걸까. 그런데 변기도 똥을 더럽다고 생각할까?

상상은 끝없이 이어졌다. 이를테면, 변기는 하루치 한도를 지니고 있는 것 아닐까. 이른바 궁둥이 한도. 예를 들면, 브랜드마다 상이하겠지만 변기는 태생적으로 하루에 50명 이상의 궁둥이는 대지 못하게 돼 있고, 그 이상 궁둥이가 닿으면 고장이 나서 막히는 것이다. 국가 차원에서 50명 이상의 궁둥이를 닿지 못하게 하라고 안내할 수도 있지만, 공공 시설을 주로 이용하는 서민층의 지지를 얻어내기 위해 일부러 숨기고 있는 것일지도 모른다. 국정원 요원들은 밤마다 뚫어뻥을 소지한 채 전국의 공공 기관으로 퍼져서 비밀공작을 수행하고 있는지도 모른다.

상상을 확인해보고 싶었다. 나는 국무총리의 페이스북에 궁둥이 한도에 대해 눈치챘으니 털어놓으라는, 서민의 공중화장실을 담보로 정치를 하지 말라는 DM을 남겼다. 국무총리는 수신했지만 답장하지 않았다. 청와대 국민청원 게시판에도 올렸는데 삭제당했다. 왜 삭제당했냐고 따지며 올린 글도 삭제당했다.

참을 수 없었다. 트뢰도 총리와 트럼프에게도 트위터 쪽지를 보냈지만 무시당했다. 단순히 선

거 당락의 문제가 아닌지도 모른다. 아무래도 글로벌한 음모가 도사리고 있는 게 분명하다.

혹시 지구는 기후 온난화, 환경오염, 외계인의 침투가 아니라 인간들의 배설물로 인해 멸망하는 건가. 도서관과 지하철의 화장실이 포화가 얼마 남지 않았고 흘러넘친 똥에 의해 인류가 똥독에 올라 멸망하게 된다는 CIA의 극비 리서치라도 도출됐단 말인가. 이게 공개되면 인류가 카오스에 빠질까 봐 비밀리에 공중화장실 보수 작전이라도 세우고 있단 말인가.

이거야말로 진정한 리얼리즘 아닌가. 누구나 아는 리얼리티가 무슨 리얼리티란 말인가. 리얼리티 이면의 리얼리티가 진짜 리얼리티지. 공중화장실에 그런 비밀이 있다니. 세계 정상들이 숨기고 있는 걸 보면 충분히 설득력 있지 않은가. 못 믿겠으면 동일한 내용으로 DM을 보내보시길.

기대해. 진정한 리얼리즘 소설을 보여줄게. 그

렇다고 교과서에 실리고 싶은 건 아니니까 오해
는 하지 말라고.

나는 후배에게 문자를 보냈다. 후배는 답장이
없었다.

리얼리즘이 별거야? 현실이잖아. 내 현실은 도
서관이야. 나는 도서관에 상주하고 도서관에서
가장 할 일이 없어. 시간이 많다고.

나는 후배에게 또 문자를 보냈다. 답장이 없었
다. 업무가 바쁜 모양이었다.

나는 도서관 화장실 앞에 선 채 누가 들어오고
나가는지 하루 종일 관찰했고, 똥이 언제 막히는
지 들여다봤다. 그리고 그 내용을 토대 삼아 도서
관 화장실에 흘러넘치는 인간의 배설물로 인해
지구가 멸망한다는 소설을 쓰기 시작했다.

이 소설로 CIA 블랙리스트에 오를지도 몰라.
나는 목숨을 걸고 있다고. 교과서에 소설을 싣는
게 아니라 이게 바로 소설가의 책무야. 이게 바로
진짜 리얼리즘이라고.

메시지를 또 보냈지만 후배는 여전히 답장이
없었다. 업무가 바쁜 모양이었다. 당장 전화하고

싶은 마음이 들끓었지만 나는 기세를 이어가기 위해 말을 삼갔다. 대신 고릴라처럼 가슴을 세차게 두드렸다. 이게 리얼리티야! 진짜 리얼리즘이라고!

그러나 나는 포기하고 말았다. 뭐랄까, 똥이라는 메타포가 진부하기도 했고 무엇보다 후세에 똥으로 기억되는 작가가 되고 싶진 않았다. 홍학의 작가로 불리는 걸로 족했다.

똥의 작가라고 불리는 소설가인데 굳이 읽을 필요는 없어요.

후대 도서관 상주 작가에게 이렇게 소개되고 싶진 않았다.

무엇보다 똥을 포기한 결정적인 이유는 묘사에 있었다. 대학원에 다니던 시절 지도 교수의 심부름으로 정독도서관에 김내성의 추리소설을 복사하러 간 적이 있었다. 그때 정독도서관 화장실에서 본 똥은 내가 본 똥 중 가장 인상 깊었다. 똥에 대한 소설을 쓰면서 그 똥을 출연시키지 않을 수 없었다. 그러나, 기억에서 그 똥을 끄집어내고 있을 때 나는 노트북을 닫아버렸다. 모름지기 소설이라면 세밀한 묘사가 들어가야 하는데 나는 타고나길 비위가 약했다.

어떤 똥인지 궁금하면 김내성의 『마인』을 복사해서 3층 남자 화장실 두 번째 칸으로 가보시길. 그 정도 공은 들여야 볼 수 있는 똥이다. 한마디로 스페셜한 똥이다. 색, 형태, 냄새 모두 기이하기 짝이 없었다. 더 이상의 묘사는 생략한다.

게다가 소설의 완성도를 높이기 위해서는 똥에 대한 새로운 사유를 모색해야 하는데, 나는 똥을 다른 시각으로 바라볼 수 없는 타입이다. 똥은 인간과 유기적인 관계를 맺고 있는 진귀한 생명체이다. 진부하더라도 이 정도는 돼야 하는데 나는 똥에 대한 지극히 대중적인 관념을 갖고 있는 사람이다. 똥은 아름답지 않고 불결하다. 게다가 나는 추함이 아름다움이라고 생각하지 않고 아름다움이 아름다움이라고 생각하는 평범한 심미안을

갖춘 사람에 불과하다. 나를 과대평가하지 않는
건 나의 가장 큰 장점이다.

공개하지 못해서 못내 아쉬운 부분도 있었다.
도서관에 서식하는 똥과 관련된 괴물들을 창조
해낸 것이다. 똥-괴물들은 소설 내내 주인공들을
쫓아다닌다. 클라이맥스는 똥-괴물 다섯 마리가
가장 편안한 서식지인, 피톤치드 향이 나고 클래
식이 흐르는 정독도서관 3층 남자 화장실 두 번째
칸을 차지하기 위해 세 명의 인물들과 혈투를 벌
이는 장면이다. 결과는 인간이 승리한다. 잊었나?
나는 휴머니스트라니까.

그래도 써놓은 게 아까우니까 똥-괴물 몇 마리
를 소개하겠다. 변기와 사마귀가 결합한 변충기,
인간의 뼈대에 똥이 들러붙은 형태인 블록버스터
똥수아비. 재래식 화장실에 빠져 죽은 아기의 원
혼인 똥마이베이비……

그중 내가 가장 좋아하는 건 단연 귀염둥이 똥

똥이다. 줄여서 EE라고 부른다. 한글 창에 똥똥이라고 쓰기 성가셔서 'ㄸㄸ'이라는 약칭을 쓰려고 했더니 EE로 자동 변환됐다. 그래서 그냥 EE.

EE에 대해선 좀 더 자세히 설명하겠다. EE는 실질적인 근력은 약하지만 도망치는 데 명수라 생명력이 강하다. 배꼽이 두 개인 걸 제외하곤 인간과 다를 바 없다. 키는 대략 130센티미터. 똥똥이라는 귀여운 이름에 어울리게 동안이다. 얼핏 보면 미취학 아동 같다. 그러나 자세히 보면, 그 텅 빈 자위를 보면, EE가 사람이 아니라는 것을 짐작할 수 있다.

EE의 서식지는 도서관 천장. 집단생활을 혐오해서 도서관마다 한 마리씩만 서식한다. 보통 변기에 무언가를 넣어서 도서관의 변기를 막히게 한다. EE는 변기가 막혀서 당황한 사람들을 보곤 희희낙락한다. 그만큼 장난기가 많다.

EE가 좋아하는 음식은 책이다. 특히 오래된 잉

크 냄새를 좋아한다. 전자책을 보다 획기적으로 도입하고 싶다면 EE를 전 세계 도서관, 서점, 도서 물류 창고에 풀어놓으면 된다. 잉크 책은 모조리 먹어치울 테니. 제프 베이조스 아마존 회장은 나를 전자책 사업부 임원으로 스카웃하길.

EE는 기본적으로 온화하고 장난기가 많은 데다 부끄러움을 많이 타지만, 허기지면 공격적으로 돌변한다. 낯을 가려서 인간을 피해 다니면서도 배가 고프면 좌고우면하지 않고 달려든다. 작은 체구지만 뱀처럼 입을 쩍 벌려서 제 몸집보다 커다란 생물을 통째로 삼킬 수 있다. 위급 상황에 대비해서 먹이를 산 채로 위에 보관할 수도 있다. 참고로, 허기가 가시면 쥐도 새도 모르게 사라진다.

무기는 뚫어뻥이다. 말했듯이 장난기가 많아서 변기를 막히게 해놓곤 도서관의 뚫어뻥을 모두 감추고 다닌다. 도서관 시설 담당자에게 물어보라. 뚫어뻥이 유독 분실되지 않나. 아마 도서관 천장을 뒤지면 나올 것이다. 단, EE가 배고플 때 가면 목숨은 장담하지 못한다.

아, 가장 중요한 것. EE는 똥으로 끝나는 단어를 좋아한다. 먹이를 주기 위해 자신을 부르는 의미로 알기 때문이다. 배가 고파서 포악해진 EE에게 잡아먹힐 위기의 순간이 닥치면 똥으로 끝나는 단어를 대라. EE가 먹이를 찾아 두리번거릴 것이다. 그 틈을 타 달아나면 살아 돌아갈 수 있다.

아무튼 똥 이야기는 여기까지!

아, 아니구나. 아마 똥 이야기는 지속될 것이다. 똥은 여전히 이 글의 소재이기 때문이다. 다만 비위를 상하게 하지 않기 위해 세밀한 묘사는 자제할 예정이다.

이야기를 선회하겠다. 우선 상주 작가가 되고 얼마 지나지 않아 겨울방학맞이 초등학생 대상 동시 교실을 열었던 시점으로 돌아가보자. 그리고 동시 강의를 듣던 스무 명의 학생, 그중에서도 민활성을 주목해보자. 민활성은 입이 유난히 크고 눈에 귀기가 어린 듯 반짝이는 초등학교 4학년

친구였다. 무리 중 리더 격인 듯 대여섯 명의 남자 아이들이 민활성 곁에 달라붙어 있었다. 다른 건 잊어도 좋다. 유일하게 기억해둬야 할 건 민활성이 내가 무슨 말만 하면 똥!이라고 외쳐대며 미친 듯이 웃어댔다는 것이다. 그럼 친구들도 게걸스럽게 웃어댔고, 이어서 다른 학생들의 웃음이 터졌다. 그 나이대 학생들은 왜 이리 똥을 좋아하는지 모를 일이다. 기억을 더듬어보면, 이런 식이었던 것 같다.

작가 아저씨, 무슨 책을 썼나요?

누군가 물었다.

홍학이 된 사나이.

내가 답했다.

똥학이 된 사나이?

어떤 아이가 말했다.

똥학이래. 똥학?!

아이들이 웃었다.

홍학 똥!

누군가 외쳤다.

홍학 똥은 빨개!

이어서 어떤 아이가 외쳤다.

똥통에 들어간 사나이!

어떤 아이도 뒤이어 외쳤다.

홍학이라니까!

나는 왠지 억울해서 부르짖었다.

똥똥이라니까!

까르르. 까르르.

초등학생들이 『홍학이 된 사나이』를 조롱해서 기억에 남는 건 아니다. 나도 그 소설에 애정은 없다. 다른 건 치워두고 마이크에 방점을 찍어보자. 아, 무슨 얘기를 하는 건지 모르겠구나. 수업을 할 때 마이크를 사용했다는 것을 말한다는 걸 깜빡했다. 그리고 그 마이크를 분실했다는 것도. 나는 평소 목소리가 작은 게 콤플렉스였고, 동시 강의를 시작하기 전 관장이 필요한 게 있으면 주저하지 말고 말해달라고 해서, 머뭇대다가 목소리가 작아서 강의를 하려면 마이크가 필요할 것 같다고 했다. 관장은 진작 말하지 그랬냐며 도서관 예산으로 선뜻 무선마이크를 구입해줬다. 녹음과 목소리 보정 기능이 딸린 일제 마이크였다. 30만 원 정도 된다고 했는데, 관장은 이 시국에 일제 마이크를 사느라 눈치가 보였다는 둥, 특별히 후배님을 위해 준비한 거라는 둥 얼마나 너스레를 떨었는지 모른다.

후배님이라. 말이 나온 김에 내가 어떻게 관장에게 후배님이라고 불리게 됐는지도 말해야겠다. 관장은 90년대 초 신춘문예로 등단한 소설가로, 소설로 인해 인생이 망할 수도 있겠다는 걸 직감하고 방송통신대학 문헌정보학과 학위를 딴 뒤 계약직 사서를 시작으로 이 자리까지 온, 본인 말에 따르면 이 업계에서는 입지전적인 인물이었다. 관장 직위에 오르자 도서관 서가에 꽂혀 있는 책의 저자들을 수하에 거느리고 있는 듯한 기분이 들어서 쾌감이 느껴진다고 거들먹거릴 때는 기가 찰 지경이었다. 사실 관장이 그런 느낌을 갖건 말건 아무래도 상관없다. 꼰대질에 잔소리질은 참을 수 있다. 한국 50대 남성 중 그렇지 않은 사람이 어디 있겠나. 가장 마음에 안 드는 건 소설가 출신이랍시고 나를 후배님으로 부르는 거다. 나를 후배로 지칭할 수 있는 사람은 찰스 부코스키와 조이스 캐롤 오츠뿐이다!

말이 조금 샜는데 되돌아가자. 말했듯이 나는 동시 수업에서 마이크를 분실했다. 마이크 탈취범은 짐작한 대로 민활성이었다. 동시 수업 도중 조를 나눠서 자작시 낭독을 하고 시에 대한 의견을 주고받으라고 지시한 뒤 어슬렁거리며 괜한 참견을 하고 있을 때였던 것 같다. 어느 순간 민활성이 탁자 위에 놓인 마이크를 갖고 도주했다. 친구들이 뒤따라갔다. 지금 생각해보면 민활성은 내가 강의실에 들어섰을 때부터 마이크를 호시탐탐 노리며 작가 아저씨, 마이크 한번 봐도 돼요? 따위의 말을 했던 것 같다.

똥!

당황해서 우두커니 서 있을 때, 강의실 밖에서 민활성의 목소리가 30만 원짜리 일제 무선마이크를 타고 메아리쳤다. 민활성을 찾아 나섰지만 어디에도 없었다. 머지않아 민활성을 뒤따랐던 친구들이 되돌아왔다. 그들은 민활성의 행방은 모른다고 했다. 민활성은 수업이 끝날 때까지 되돌아오지 않았다.

똥!

수업 시간 내내 도서관에 활성의 목소리가 울려 퍼졌다.

똥!

그 뒤로 이 외침이 하루에도 몇 번씩 도서관에 울려 퍼지곤 했다. 정확하게 똥이라고는 하지 않은 것 같기도 하다. 드앙이라는 것 같기도 했고, 두웅이라는 것 같기도 했다. 확실한 건 분명 민활성의 목소리라는 것이다. 장난기 어린, 사춘기가 오기 전 소년의 목소리.

처음에는 민활성의 장난을 대수롭지 않게 생각했다. 언젠가 멈추겠지라고 여겼던 것 같다. 똥 소리가 들린다고 피해 보는 사람도 없었다. 아무도 항의하지 않으니까. 도서관 직원들도 눈치채지 못한 것 같았다. 그들에겐 아예 들리지 않는 듯했다. 이상했다. 환청인가. 아무도 신경 쓰지 않으니까 내 귀에는 더 선명하게 들리는 느낌이었다.

죄송한데 똥 소리 안 들려요?

KC가 소설을 낭독하고 있을 때 말을 끊고 물은 적도 있었다. 민활성의 목소리가 거슬려서 견딜 수 없었다.

들립니다.

KC가 말했다.

그죠? 들리죠?

처음으로 KC의 말이 반가운 순간이었다.

작가 선생도 제가 읽고 있는 구절들이 다 똥으로 들리나 봐요. 똥똥똥똥똥똥똥똥.

KC가 킬킬거렸다. 그날 읽고 있던 책은 『전쟁과 평화』였다.

이 책 제목도 『똥똥똥 똥똥』이잖아.

KC가 신이 나서 말했다. 신이 날 법도 했다. 내가 스스로 문학을 똥으로 격하시켰으니.

나 말고도 똥 소리를 듣는 사람이 하나 더 있었다. 바로 관장이었다. 관장은 나만 보면 무슨 소리 들리지 않냐고 물었다.

며칠 전부터 어린아이 비명 비슷한 소리가 들리는 것 같아요. 똥이라고 부르짖는 것 같기도 한데?

관장이 인상을 찌푸렸다. 그때 나는 일생일대의 실수를 하고 말았다. 잡아뗴면 그만인데, 마이크 분실과 민활성에 대해 실토한 것이다.

그 뒤 관장은 나만 보면 문제를 해결하라고 했다.

도서관에 똥 소리 좀 들린다고 무슨 일이야 있을까요? 도서관에 있는 모든 책에 똥이라는 단어가 안 들어간 책이 없다는 데 제 두 손을 걸겠습니다. 다시는 소설을 쓰지 못하게요.

어느 날 계속 문제 해결을 촉구하는 관장에게 따졌다.

내가 똥 하나 이해하지 못해서 그런가요? 똥이 왜요? 나도 아침마다 똥을 싸는데.

관장이 말했다. 예상 밖의 반응에 당황한 나는 잠자코 서 있었다.

문제는 마이크예요.

관장이 덧붙였다.

네? 마이크요?

내가 되물었다. 마이크가 비싸기는 했지만 그렇다고 감당하지 못할 정도는 아니라서 못 찾으면 변상하면 된다고 생각했기 때문에 관장이 이토록 예민하게 굴 줄은 꿈에도 예상하지 못했던 터였다. 내 반문에 관장은 마이크는 국가 예산으로 구입한 거라는 대답을 했다. 그러면서 내년이 진급 기회인데 마이크 때문에 누락될지 누가 아냐고 열을 올렸다.

동네 도서관 관장으로 인생을 마무리하고 싶진 않아요. 더 많은 작가들을 거느리고 싶다고.

관장이 덧붙였다. 마이크와 관장의 야망이 이렇게 연결되는 것도 예상하지 못했던 일이었다.

관장이 강박적으로 마이크를 찾아내라고 하니까 미칠 지경이었다. 나는 버티다 못해 결국 같은 제품을 사서 내밀었다.

후배님, 소설가답게 상상을 해보세요. 가난한

상주 작가 월급 뜯어먹었다는 증언이 나오면 승진에 참도 도움이 되겠네요. 게다가 상주 작가 사업은 이번 정부에서 가장 밀어주는 사업이라고. 상상을 해보라고요! 나중에 내가 문화관광부 장관 같은 걸 하게 되면? 그때 청문회에 증인으로 나와서 불쌍한 상주 작가 삥 뜯었다고 찌르게? 당장 환불하고 똑같은 걸 가져와요. 동일한 일련번호가 매겨진! 후배님 지문이 새겨진!

관장이 경기를 일으켰다. 나는 더 이상 관장을 예상하지 않기로 결심했다.

시간이 흘렀다. 초등학교는 개학을 했다. 과제를 하기 위해 도서관에 오지 않을까 해서 하교 시간에 맞춰 입구를 기웃거렸지만 민활성은 모습을 드러내지 않았다. 마이크도 오리무중이었다. 관장은 한번 찍으면 타깃이 쓰러질 때까지 계속 찍는 타입이었다. 관장 말이 맞았다. 그는 충분히 관장 자리까지, 아니, 문화부 장관까지 올라갈 역량이 있는 유형이었다.

나는 민활성을 직접 찾아 나섰다. 보호자에게 연락을 해보니 우리 애가 그럴 리가 있냐며 언짢아하면서 일이 바쁘니 다음에 통화하자고 했다. 하지만 연락은 닿지 않았다. 몇 번 더 전화를 걸었지만 마찬가지였다. 나는 민활성의 집으로 향했다. 민활성은 도서관 인근 힐스테이트에 살고 있었는데, 외부인은 출입 금지라서 앞을 서성이다가 발길을 돌릴 수밖에 없었다.

별수 없었다. 서른 넘어서는 좀처럼 쓰지 않았던 비장의 수법을 쓰는 수밖에. 피하고 숨기 말이다. 작업실 밖에 있는 시간을 최소화하면 된다. 나는 출근할 때 관장이 있는 2층 사무실에 들르지 않고 작업실로 곧장 올라갔다. 원래 2층에 들러서 출근 기록부에 서명을 해야 했는데, 나는 작업실에 숨어 있다가 관장이 커피를 마시러 가는 타이밍을 재서 몰래 출근 기록부를 쓰고 나왔다. 다행히 상주 작가의 출근 여부 따위는 아무도 신경 쓰지 않았다. 정규직 사서들은 뜨내기 상주 작가 따위에 관심을 가질 틈이 없었다. 계약직 사서들은 부서 순환이 잦고 크루 근무로 바빠서 교류를 할 틈이 없었다. 게다가 그들의 관심사는 정직원 전환 여부지 상주 작가가 아니었다.

작전은 나름대로 성공했다. 몇 차례 작업실로 관장이 찾아왔지만 나는 문을 걸어 잠그고 없는 척을 했다. 전화도 받지 않았다. 며칠간은 버틸 만했던 것 같다.

잠깐 이야기를 멈추고 숨을 고르겠다. 똥은 일개 소재가 아니라 여전히 이야기의 중심이다. 서사에 환기가 필요하다. 도서관이 무대이면서도 똥과는 달리 깔끔하고, 적당히 유머러스하고 풍자적이며, 무엇보다 인간미가 넘치는 이야기. 그게 사람들이 선호하는 문학이다. 나는 그런 문학을 써야 한다. 전작들과 달리 심연을 건드는 무언가가 필요하다. 문득 떠오르는 건 우정이다. 우정만큼 인간의 심금을 울리는 건 없다. 더불어 우정은 문학의 은유다. 쓰잘데기없지만 있어도 나쁘지 않은 것. 그게 문학과 우정이다.

도서관이 무대이면서도

똥과는 달리 깔끔하고,

적당히 유머러스하고

풍자적이며,

무엇보다

인간미가 넘치는 이야기.

우정 이야기를 하니까 친구들 생각이 나네. 문학을 통해 만난 친구들과 지금껏 잘 지낸다. 후장사실주의라는 동인도 조직했다. 지금은 후장사실주의라는 데 의미를 두진 않는다. 후장사실주의에 대해서는 금정연의 말을 인용하겠다.

후장사실주의에 대해서라면…… 모르겠다. 그냥 슈뢰딩거의 고양이 비슷한 상태라고 해두자. 상자를 열어야 죽이 되었는지 밥이 되었는지 확인할 수 있는데 상자를 어디에 두었는지 기억하는 사람이 아무도 없는…….

「우리 모두의 강동호」 중에서

도서관을 벗어나지 않으면서 우정이라는 인간의 덕목을 담아내는 것. 떠오르는 사람이 하나 있다. 바로 진진이다. 그런데, 진진이라면 서두에 언급한 「상담」의 등장인물 아닌가. 보라, 내 소설은 편견과 달리 자동기술법으로 쓰인 게 아니다. 철저한 계획 아래 존재한다. 이제 와서 밝히지만, 서두에 「상담」을 끌어온 이유도 그 소설로 인해 진진과 조우했기 때문이다. 헷갈릴 수도 있겠다. 지금 얘기하는 진진은 「상담」의 진진이 아니다. 「상담」의 진진은 허구의 인물이고, 여기에서 이야기하는 진진은 실존하는 진진이다. 참고로 진진은 가명이다. 「상담」의 은행원 진진의 이름을 따서 지었다. 실명을 공개하진 않겠다. 다시는 고소당하기 싫으니까. 횡설수설해서 오히려 이해를 방해하고 있는 것 같은데, 이것만 기억하면 된다. 「상담」의 작가 프로필에는 이메일 주소가 기재돼 있었는데, 진진이 그걸 보고 연락을 해 온 것으로 우리 우정은 시작됐다.

답십리도서관 상주 작가님께

안녕하세요, 작가님.

겨울에 태어나면 아무리 작은 원한이라도 잊지 못하고 평생 복수의 칼날을 갈며 살아간다고 하죠. 인터넷에 검색해보니 작가님도 11월생이더라구요. 저 역시 12월에 태어난 사람입니다. 11월이 초겨울이라면 12월은 완연한 겨울이죠. 가을보다 봄에 가까운 겨울 말입니다. 우발적으로 저지른 서툰 복수가 아니라 프로페셔널 킬러의 피비린내 나는 복수. 이게 작가님과 저의 차이점입니다.

빌어먹을. 그동안 저는 의도적으로 답십리도서관 상주 작가가 누구인지 알게 되는 걸 피했습니다. 왜냐하면 복수심을 다스릴 자신이 없거든요. 다시 말해드릴까요? 저는 겨울의 한가운데서 태어난 인물입니다. 타고난 성미가 마피아나 다름없다구요. 겨울에 태어나면 복수심이 남다르다고 누가 그랬냐구요? 제가 지어낸 겁니다. 왜요? 저는 그런 말도 못하나요? 작가님 목구멍에 총구를 들이밀어야 정신을 차리겠습니까?

그런데 말입니다. 며칠 전 책을 반납하러 도서관에 갔다가 로비에 널브러져 있는 소식지에서 「상담」을 읽었습니다. 작가님의 소설 말입니다. 중요한 건 소설 그 자체가 아닙니다. 답십리도서관 상주 작가로 작가님이 선발됐다는 사실을 접한 거죠.

제가 왜 하필 답십리도서관 상주 작가에게 원한을 품고 있냐고요? 답해드리죠. 저 역시 답십리도서관 상주 작가 지원자였습니다. 그런데 저를 떨어뜨리고 작가님이 선발된 겁니다. 실력으로 선발됐다면 말없이 물러났을 겁니다. 솔직히 말해 작가님의 소설은 몇 번 봤지만 인정할 수가 없었습니다. 그 개떡 같은 소설로 상주 작가가 되다니요.

뒷조사를 좀 해보니…… 아니, 뒷조사도 아니군요. 작가님의 이름을 인터넷에 검색했을 뿐이니까요. 저는 놀라운 사실을 발견했습니다. 작가님과 심사위원이 학연으로 얽혀 있다는 사실 말이죠. 부정해도 소용없습니다. 작가님은 낙하산입니다. 작가님과 심사위원은 동국대 문예창작학과 동문이더군요. 작가님 때문에 제가 얼마나 큰 피해를 입고 있는지 아십니까? 일말의 가책을 느끼기라도 합니까? 모르겠다고 하겠지요. 아무것도 몰랐다고. 좋습니다. 이제 알았다고 칩시다. 그럼 작가님은 아무 죄도 없는 겁니까?

저도 장편을 하나 쓴 작가입니다. 가진 거라곤 문학적 천재성과 백 년 후에 한국문학전집이 발간된다면 이름을 끼워 넣고 싶은 꿈뿐이죠. 그게 죕니까? 죄도 아닌데 저는 왜 생계가 곤란하고 굶어 죽을 지경에 이르렀죠? 빌어먹을. 정부는 왜 저를 돕지 않는 겁니까? 지원 사업은 정권에 빌어먹은 위정자들이 다 타먹어서 저 같은 인맥도 학연도 지연도 없는 작가는 혜택을 보지 못하고 있단 말입니다.

답십리도서관 상주 작가 공고를 읽은 뒤 저는 행복했습니다. 꿈에 부풀었다고요. 상주 작가를 1년 하고 그 뒤 실업수당으로 6개월을 보낼 생각만 하면 청포도 젤리를 입에 넣고 굴리는 것처럼 달콤했죠. 무엇보다 나고 자란 고향에서, 30년 가까이 오가고 있는 도서관에서 상주 작가를 선발하다니! 필시 운명 아닙니까? 저는 도서관 바로 앞에 있는 해장국 가게에서 20년 전부터 순댓국을 먹었고, 다섯 살 때부터 엄마를 따라서 도서관에 드나들며 『먼나라 이웃나라』를 통독했단 말입니다. 습작기도 이 도서관에서 보냈고, 데뷔작도, 장편소설도 모두 이 도서관에서 썼죠. 지연도 이런 지연이라면 괜찮지 않습니까?

저는 며칠 밤을 새며 면접을 준비했습니다. 어린 시절부터 살던 이 지역을 기반으로, 상주 작가와 지역사회를 연결해줄 50페이지에 달하는 PPT 자료도 만들어 제출했습니다. 그런데 결과는 참혹했죠. 답십리도서관이 아니라면 대체 누가 절 품어준단 말입니까? 그리고 저 대신 뽑은 사람이 당신이라뇨.

맞습니다. 인정하지 않았어요. 저는 답십리도서관에 피치 못할 사정이 있어서 상주 작가를 선발하지 않았다고 상상하며 버텼습니다. 그런데 소식지를 보는 순간 제 상상은 산산조각 났습니다. 현실이 저를 덮친 거죠.

작가님은 노력 여하에 따라 완성도 높은 작품을 쓸 수도 있겠지만 걸작은 쓰지 못할 게 분명합니다. 미안하지만 타고난 재능이 그 정도로 보여요. 그런데 제가 아니라 작가님을 선발하다니 한국문학으로서도 손실 아닙니까? 답십리도서관이 생계를 해결해줄 1년 동안 제가 쓸 걸작을 상상이나 해보셨습니까?

이제 제가 왜 작가님을 상주 작가로 인정하지 못하는지 이해하시겠죠? 물론 작가님도 나름대로 억울할 겁니다. 저 역시 작가님이 그렇게 나쁜 사람이라고는 생각지 않습니다.

그러니 제안 하나 하겠습니다. 진정한 상주 작가

를 결정합시다. 서로의 문학적 자존심을 걸고 승부를 가릅시다. 김수영 시인의 산문 「시여, 침을 뱉어라」에 유명한 구절이 있죠.

'시작詩作은 머리로 하는 것이 아니고 심장으로 하는 것도 아니고 몸으로 하는 것이다. 온몸으로 밀고 나가는 것이다. 정확하게 말하자면, 온몸으로 동시에 밀고 나가는 것이다.'

언제 읽어도 감동적인 구절입니다. 우리도 김수영의 후배답게 무기 없이 맨손으로 싸웁시다. 온몸으로 싸웁시다. 온몸으로 동시에 싸웁시다. 어떻습니까?

시간: 7월 7일 금요일 오전 6시 새벽의 기운 속에서
장소: 답십리동 상희아파트 놀이터가 선사하는 유아의 순수한 펀치!

진진 올림

진진이 보낸 이메일 전문이다. 당연히 결투 장소엔 나가지 않았다. 대신 진진이라는 작가의 작품을

도서관에서 찾았다. 설마설마했는데 실존하는 작가였다.

진진은 2010년 신춘문예로 데뷔했고, 재작년에는 『미래 돌연사』라는 장편소설을 출간했다. 확인해보니 답십리도서관의 『미래 돌연사』 구입 신청자는 진진. 100권을 신청했지만 한 권만 구입돼 있었다. 그동안 열 차례 대여됐는데, 모두 한 사람이 빌려 간 것이었다. 그렇다. 대여자는 진진이었다. 자기애가 강하다면 내 소설을 싫어할 만도 할 것 같다. 작가들을 싸잡아 조롱하니까.

나는 서가에 선 채로 진진의 작품을 훑어봤다. 미래 사회, 사이보그가 돌연사한 인간의 영혼과 함께 지구 다섯 바퀴를 돈다는 내용이었다. 프로필을 봤다. 지렁이처럼 누르면 꿈틀댈 듯 길쭉한 눈썹이 인상적이었다. 흐릿한 이목구비와 대비돼 더욱 강한 인상을 준 것 같다. 나이는 나와 엇비슷했고, 서울대 국문과와 대학원을 졸업했다. 미치기 좋은 경력이군. 나는 이렇게 생각한 뒤 『미래 돌연사』를 서가에 꽂아두었다.

　약속 장소에서 두 시간을 기다렸습니다.
　겁먹은 겁니까?
　당신의 소설처럼 비겁하군요.

　며칠 뒤, 진진에게서 짧은 메일이 왔다.

　문학적 동지, 진진 작가님께

　우선 제가 상주 작가가 되는 데 학연을 이용했다
니 마음 깊이 사죄합니다. 몰랐던 사실이지만, 작
가님 말마따나 그건 핑계가 되지 못합니다.
　그러나 상주 작가 자리를 놓고 우리끼리 대결을
벌이는 건 쉽지 않을 것 같습니다. 저도 월급이 필
요하니까요. 걸작을 쓰지 못하더라도 작가는 작가
아닙니까. 게다가 정부가 얽혀 있는 사업이라 임기
를 마치는 게 불가피합니다. 너른 마음으로 제 사
정을 헤아려주시기 바랍니다.
　아무쪼록 차기 상주 작가로 채용되길 바랍니다.

권한이 있다면 추천해드리고 싶지만 저는 아무런 힘이 없군요. 임기가 끝나면 답십리에서 흔적도 없이 사라지겠습니다.

승리를 원하신다면, 저는 더 이상 승리에 미련이 없습니다. 문학에서도 현실에서도 당신이 이겼습니다. YOU WIN!

문학은 용서의 예술입니다. 작가님의 용서를 간절히 바랍니다.

존경하는 마음을 담아
답십리도서관 상주 작가 올림

나는 회신을 했다. 어떻게든 달래는 게 가장 속 편한 방법이라는 판단이 들어서였다. 살아보니까 미친놈에게 덤벼들어 봤자 어느 순간 똑같은 미친놈이 되기 십상이었다. 아니면 친구가 되거나. 둘 다 맨몸으로 불구덩이에 뛰어드는 짓이었다.

다행히 답장은 오지 않았다. 왜냐하면 회신을 한 뒤 진진을 수신차단 했기 때문이다. 그래도 한

동안 나는 진진이라는 작자가 신경 쓰였던 것 같다. 혹시나 갑자기 나타나서 나를 『미래 돌연사』 양장본 모서리 따위로 찍지 않을까, 기절했다가 깨어나면 온몸을 포박한 채 책장으로 베는 고문을 하는 게 아닐까 걱정이 됐다.

악몽까지 꿨다. 진진이 『수레바퀴 아래서』나 『삼국지』 따위를 머리맡에서 읊어주는 꿈이었다.

우리 애기, 커서 꼭 훌륭한 작가가 되렴.

진진이 내 머리칼을 쓰다듬으며 중얼거렸다. 나는 작가가 되기 싫다고 소리를 질렀는데, 꿈속에서 나는 애기라 징징 울기만 했다.

꿈은 좀처럼 잊혀지지 않았다. 꿉꿉하고 우울했다. 만 원이나 결제하고 용하다고 소문난 유료 해몽 사이트에 의뢰했다. 몇 시간 뒤, 해몽사에게 메일이 왔다. 기나긴 문장 속에 둥둥 떠 있는 뜬구름 잡는 소리를 걷어보면, 진진이라는 인물은 나에 대한 메타포이며 내 무의식의 발로라는 요지였다. 저렇게 단순한 해석이면 나도 하겠다 싶어서 만 원이 아까웠는데, 시간이 흐르자 문득 여러 가지 파생적인 해석이 머릿속에 떠올랐고 그래서 만 원짜리 해몽이 나름대로 가치가 있다는 생각이 들었다. 나와 내가 대결을 벌이는 행위. 타락한 작가인 나와 순수한 작가인 나의 대결. 자기 자신과의 대결을 통해 더 나은 자신으로 나아가는 것. 〈슈퍼 그랑죠〉의 소년들처럼 똥-괴물 위에 올라탄 채 대결을 벌이는 나와 진진까지 상상은 뻗어나갔다. 그리고 곧 결론이 나왔다. 자신과의 싸움을 자처하는 것만큼 멍청한 짓은 없다. 이겼다는 건 착각이고, 결국엔 질 뿐이다. 회피하는 게 상책이다.

해몽을 한 뒤 더 신경이 쓰였다. 그렇다면 진진이 나란 말인가. 자신을 재료 삼아 궁상맞은 소설을 쓰는 한남 이류 작가. 현실적으로도 처지가 비슷하긴 하지.

나는 봉인을 풀었다. 인터넷에 진진을 검색한 것이다. 최근에 활동이 잠잠하긴 했지만 예전에는 꽤 주목받는 작가였던 듯하다. 『미래 돌연사』를 막 출간했을 땐 행사도 수차례 한 것 같았다. 『미래 돌연사』에 대한 어느 리뷰에서 두 문장이 눈에 띄었다.

끈질기게 묘사하고 집요하게 파고든다. 특히나 엉뚱한 지점에서 그 파고듦은 문학성을 생성해 낸다.

검색을 이어가던 중 블로그 하나가 눈에 들어왔다. 비문 지적부터 표절 의혹까지 유독 진진의 작품을 비판하는 내용이 많은 블로그였다. 댓글 창을 열어보니, 진진으로 추측되는 아이디와 논쟁을 벌인 흔적도 남아 있었다. 만나서 결투를 벌이자는 댓글도 보였다. 다음 포스팅은 진진과의 결투를 담은 내용이었다. 요약하면, 둘은 광화문 교보문고 문학 서가 앞에서 만났는데, 진진은 190센티미터에 달하는 안티팬을 보곤 사인본을 주며 미안하다고 고개를 조아렸다. 안티팬은 진진의 사인본을 갈기갈기 찢은 이미지를 게시하며 승전보를 전했다. 진진은 더 이상 댓글을 달지 않았다.

　그러던 어느 날이었다. 메일이 왔다. 수신 차단을 피해 새로운 계정으로 발송한 메일이었다.

　문학적으로 작가님을 살해하겠습니다.

　내용은 한 문장뿐이었다. 이미지가 첨부돼 있었다. 안티팬의 포스팅을 연상시키는, 갈기갈기 찢은 『의인법』과 『홍학이 된 사나이』였다. 나는 환상에서 깨어났다. 진진은 내가 아니며, 나를 위협하는 현실적인 존재이고, 호기심 대상이 아니라 사이코패스일 뿐이었다.

　나는 진진을 경찰에 신고했다. 며칠 뒤, 경찰은 진진에게 주의를 주었다고 연락이 왔다. 진진은 겁쟁이였다. 더 이상 메일을 보내지 않았다. 머지않아 불안감도 사라졌다. 나는 다시 업무에 집중할 수 있었다. 똥 소리를 수집하며, 마이크를 찾는 답십리도서관 상주 작가 본연의 업무 말이다. 편집중 환자처럼 마이크 타령을 하는 관장도 신고하고 싶었지만 관장은 법적으로 문제가 없는 사이코패스였다.

악몽은 뒤바뀌었다. 거대한 똥 덩이가 마이크를 들고 똥!이라고 외치며 내 뒤를 추격하는 꿈을 꾸곤 했으니. 꿈에서 나는 해몽 사이트를 결제했고, 해몽사는 똥이 나고 내가 똥이라고 했다. 그러자 나는 아예 똥으로 변해버렸다. 다음 장면에서 나는 거대한 열풍기 앞에서 아이스크림처럼 녹아들어 가서 물똥이 됐고, 그다음 장면에서는 아기 엉덩이와 기저귀 사이에서 호떡처럼 짓눌린 채 비명을 질렀다.

똥이 뭐라고 생각하세요?
하도 스트레스를 받아서 KC에게 물은 적도 있었다. 알베르 카뮈의 『이방인』으로 토론을 하던 중이었다.
과학적으로요? 문학적으로요?

KC가 답했다.

우선 과학적으로요.

인간의 대변은 55~75%는 물로, 나머지는 메탄가스 성분으로 이뤄져 있습니다. 그러니까 대변을 말려서 압축하면 석탄과 비슷한 에너지원이 되죠.

KC가 우쭐해했다.

더 가르쳐줄까요?

내가 대꾸가 없으니까 KC가 물었다. 나는 고개를 끄덕였다.

70억 전 세계 인구가 한 해 배출하는 대변의 양은 2900억 킬로그램입니다. 그 배설물을 모두 모아 바이오가스로 만들 경우 1억 3800만 가정의 한 해 전력 소비량을 채울 수 있고…….

KC는 강단에 선 것처럼 활기를 띠었다.

그럼 문학적으로는요?

내가 말을 끊었다.

당신.

KC가 나를 노려보며 말했다.

네?

내가 되물었다.

엄마가 죽었는데 저렇게 건조하게 말하다니. 패륜아 같으니라고. 이 똥을 쓰는 건 작가 선생 당신 같은 족속들이니까 당신이 똥이지!

KC가 『이방인』의 첫 문장을 가리켰다.

이걸로 설명이 될까. 내가 얼마나 마이크와 똥에 혈안이 됐냐 하면, 「마이크, 오 마이 더티 마이키」라는 시를 짓기도 했다.

마이크, 오 마이 더티 마이키

거대한 집중고
나의 사랑 항문고
마이크는 비 오늘 하늘
오늘—그루—난간
비—사료—몰딩
하늘—돔—국산콩
그리움은 피하지방
잔인한 부릉부릉부릉

돌고 도는 다이너마이트 같은

똥 묻은 개가 겨 묻은 개 나무란다고 했던가

나는 똥 묻은 인간

마이크는 나의 숙변

여보세요?

다라라라라 필요한가요?

구름이라는 단어를 좋아합니다

항문이라는 단어와 정반대이니까요

나는 나의 정반대를 원합니다

거대한 집중고

말발굽 항문고

비

오늘

하늘

구름

지금 보면, 마치 민활성이 쓴 것처럼 유치한 시
였다. 달리 생각해보면, 비록 마이크와 똥 투성이
의 글이었지만, 마이크를 찾는 행위가 아주 오랜만
에 문학에 온전히 집중할 수 있는 기회를 준 것 같

기도 했다. 대학교 때 송탄 군부대 살인 사건을 조사하는 총포상 이야기와 암매장 가업을 잇는 남매 이야기를 밤을 새는지도 모르며 신나게 썼던 기억이 난다. 아마 그 이후 처음이지 않나 싶다.

신기한 것 하나. 글을 쓰는 데 몰입하자 뚱 소리가 더 이상 들리지 않았다. 글쓰기에 집중하지 못하는 상주 작가를 가엾게 여긴 문학의 신이 마이크를 매개 삼아 깨달음을 주기라도 한 걸까. 이대로 뚱 소리 내는 마이크를 찾으며 남은 상주 작가 임기를 끝내는 것도 나쁘지 않아. 어쨌든 상주 작가의 목적은 작가로 하여금 돈 걱정 하지 않고 글을 쓰게 하는 것이고 나는 그렇게 하고 있잖아. 관장? 그 작자는 내게 훈수를 두기 위해서라면 영혼도 팔 인간이야. 어차피 들을 잔소리 좀 듣지 뭐. 나는 나를 다독였다.

노트북에 뚱이나 마이크에 관한 시편들이 하나둘 쌓이던 어느 날이었다. 작업실에 있다가 졸려서 옥상에서 맨손체조를 하고 있는데, 어디선가 똥! 하고 소리가 들렸다. 오랜만에 듣는 소리였고, 꽤 선명하게 들렸기 때문에 깜짝 놀랐다. 내가 다시 어딘가에 한눈이라도 팔고 있는 건가. 요새 글을 열심히 쓰지 않은 건가.

똥!

왠지 심란해져 나를 돌아보는 그 순간에도 소년의 외침은 끊임없이 되풀이되고 있었다.

나는 옥상을 벗어나서 똥 소리를 따라 계단을 내려갔다. 소리는 4층 전산실 쪽에서 들리는 것 같았다. 전산실은 타일 교체 작업 중이었는데, 예산 문제로 공사가 중단된 상태였다. 나는 전산실 문을 열고 귀를 기울였다. 소리는 전산실 내부 맞은편 벽면에 있는 창고에서 들려오고 있었다.

창고는 열려 있었다. 들어가니까 아무도 없고 깜깜했다. 오랫동안 사람의 손을 타지 않은 것 같았다. 도서관에 이런 공간이 있었다니. 「상담」에서 진진이 은행 강도 모의하는 공간으로 사용하면 제격일 것 같았다.

창고에서는 진한 책 냄새가 났다. 뒤따라 책들이 한가득 차 있는 광경이 눈에 들어왔다. 널브러져 있는 책들을 훑어봤다. 이태준. 김유정. 이상. 예전이었다면 침을 흘리며 훑어봤을 초판본이나 절판본들도 보였다. 상주 작가 임기 첫날 동대문구 국회의원 기증 도서를 잘 보이는 데 배치하기 위해 오래된 책들을 옮기느라 분주하던 사서들이 떠올랐다. 그 책들이 어디 갔나 싶었는데 전부 이 창고에 있었다. 헌책방에 팔면 대충 따져도 두 달치 월급은 나올 것 같았다.

똥!

그때 머리 위에서 소리가 들렸다. 뒤이어 인기척도 느껴졌고, 천장이 흔들리는 것 같았다. 천장 위 배선이나 환풍구가 늘어서 있는 공간에 민활성이 숨어 있을지도 모른다는 생각이 들었다. 나는 책들을 쌓아서 지지대를 만들었고, 위에 올라선 채 천장에 귀를 댔다. 한동안 적막이 흘렀다.

똥!

잘못 들었나 싶어서 내려오려고 할 때 기다렸다는 듯 소리가 들렸다. 분명 천장 안이었다. 나는 똥!

왠지 심란해져

나를 돌아보는

그 순간에도

소년의 외침은

끊임없이 되풀이되고

있었다.

천장을 가로막고 있는 합판을 들췄다. 초등학교 저학년이 들어가기에는 충분한 공간이 보였다. 먼지가 풀풀 났고, 쥐 같은 생물체가 후드득하며 달려 나가는 것도 느껴졌다.

민활성!

내가 외쳤다. 내 목소리가 울려 퍼졌다.

똥!

그때 저 멀리에서 아득하게 화답하는 음성이 들렸다.

안에 있니?

내가 다시 한번 외쳤다. 그때였다. 철컥 소리가 들렸다. 누군가 창고 문을 잠근 것 같았다.

누구야!

다급하게 외치곤 서둘러 아래로 내려와서 문을 밀었다. 문은 잠겨 있었다. 문고리를 잡고 흔들었지만 견고했다. 주머니를 뒤져보니 핸드폰도 작업실에 두고 온 것 같았다.

누구 없나요?

덜컥 겁이 나서 다급하게 문을 두드렸다. 밖에서 인기척이 느껴졌다. 그림자도 문틈에 어른거렸다.

거기 누구세요?

내가 물었다. 숨을 죽인 채 킬킬거리는 웃음소리가 들렸다.

당신…… 누구야?

내가 누구인지 모르겠어요?

익명의 남자가 대답했다. 낯선 목소리였다.

왜 안 나왔나요?

이어서 그가 물었다. 어딜 안 나왔다는 거지. 처음에는 이게 무슨 소리인가 싶었다.

뭐가 그리 무서워서 경찰에 신고까지 했나요?

다시 목소리가 들렸다. 그때 나는 그가 누구인지 알아차렸다. 바로 진진이다. 화가 치솟았다. 나는 그렇게 소원이면 지금 당장 문을 열고 한판 붙자고 했다.

내가 미쳤어요? 또 경찰에 신고할라. 나는 당신이 나를 찾아오게 할 거예요. 그럼 신고 안 당해도 되잖아요.

진진이 이기죽거렸다. 나는 욕설을 내뱉었다.

분하면 직접 찾아오세요. 누가 진정한 상주 작

가인지 승부를 가르자구요.

그가 말했다. 대체 상주 작가가 뭐란 말인가. 나에게 상주 작가 타이틀은 아무것도 아니었다.

그럼 당신이 상주 작가를 하세요. 가지라고요!

내가 제안했다.

항복입니까?

네. 항복.

그럼 월급도 주시는 겁니까?

진진이 문 건너편에서 말했다. 나는 어이가 없어서 말문이 막혔다.

200만 원이 없으면 상주 작가가 아닙니다. 저는 국가에서 인정한 상주 작가가 되고 싶다구요. 그 증거가 바로 국가의 녹이죠.

그가 주장했다. 국가의 녹이라니. 어렸을 때 〈제5공화국〉이나 〈태조 왕건〉에서 듣고 처음 듣는 단어였다.

다시 한번 묻습니다. 월급도 주시는 겁니까?

진진이 물었다. 정확히 기억나진 않지만, 그때 나는 흥분해서 날뛰었던 것 같다. 진진이 말이 통하지 않는다며 작별을 고했으니. 뒤이어 멀어지는 발소리가 들렸다. 끈질기게 묘사하고 집요하게 파고든다. 특히나 엉뚱한 지점에서 그 파고듦은 문학성을 생성해낸다. 진진의 작품론이 떠올랐다. 나는 마음속으로 다음 문장을 써 내려갔다. 그 끈질김이 엉뚱한 부분에 함몰돼 있어서 저절로 낯설게 느껴진다.

어느 순간 정신이 들었다. 여기에서 나를 빼내줄 사람은 지금으로서는 진진뿐이다, 라는 생각이 든 것이다. 어쩌면 나는 버려진 책들과 함께 영원히 이 창고에 갇힐지도 모른다. 죽을 때까지 죽은 작가의 혼령들이 떠도는 방에서 똥 소리나 듣는 상상을 하자 모골이 송연해졌다.

작가님! 여기에서 나가야 작가님을 찾아가지 않겠습니까!

내가 외쳤다. 발소리는 멀어지다가 잠깐 멈췄다.

작가님! 살려주세요!

더 크게 외쳤다. 자그맣게 킬킬거리는 소리가 들렸다. 모르긴 몰라도 진진의 관심을 끈 것 같았다.

깜짝 놀랐습니다. 걸작이었습니다.

내가 외쳤다. 아무 소리도 들리지 않았다. 귀를 기울이는 것 같았다.

『미래 돌연사』는……『미래 돌연사』는…….

『미래 돌연사』에 대해 어떤 칭찬이라도 지어내고 싶었지만 좀처럼 입이 떨어지지 않았다. 얼마 지나지 않아 발소리가 다시 멀어졌다. 화가 치솟았다.

걸작은 무슨. 개똥만도 못한 소설!

내가 외쳤다. 전산실 문이 닫히는 소리가 들렸다.

절망스러웠다. 숨이 막히는 기분이 들었다. 주위를 둘러봤지만 창문 하나 없었다. 나는 벽면에 등을 기댄 채 주저앉았다. 문득 음습한 기운이 느껴졌다. 두리번거리다가 천장을 봤다. 미처 닫지 못한 천장의 구멍에서 괴기스러운 기운이 흘러나오고 있는 것 같았다.

똥!

그리고 잊고 있었던 소리가 들렸다. 이어서 생각지도 못했던 일이 벌어졌다. 천장에서 EE가 고개를 빼꼼 내민 것이었다. 미취학 아동처럼 자그

마한 체구. 장난기 어린 눈동자. 얼굴 크기에 비해 엄청나게 큰 입. 손에 들린 제 몸집만 한 뚫어뻥까지. 내가 구상했던 그대로의 EE였다.

EE?

무심결에 EE를 불렀다. EE는 혀를 날름거리며 천장 아래로 가볍게 뛰어내렸다.

안 돼! 넌 내가 만들어낸 괴물이잖아?

내가 외쳤다. EE는 호기심 어린 눈으로 나를 바라봤다.

넌 소설에만 존재한다니까? 왜 현실에 나왔어?

내가 물었다.

똥!

EE가 외쳤다. 분명 민활성의 목소리였다. 성대가 아니라 체내 내장 기관에서 들려오는 소리 같았다. 혹시 EE가 민활성을 먹었나? 그런데 민활성이 들어가기엔 EE가 너무 작은 것 아니야? 그때 EE가 아무리 큰 먹잇감이라도 입을 뱀처럼 벌려서 집어삼킬 수 있다는 설정이 머릿속에 스쳐 지나갔다. 먹이를 산 채로 위장에 저장할 수 있다는 정보도. 그렇다면 저건 민활성이 EE의 배 속에서 도움을 요청하는 소리인가?

똥!

머릿속이 어지러워지고 있을 때 EE가 뚫어뻥을 휘두르며 다가오기 시작했다. 그런데 왜 다가오지? EE는 부끄러움이 많아서 인간을 피해 다니잖아. 단, 배가 고프면 돌변해서 인간에게 접근한다. 문득 EE의 특성이 떠올랐다. 뒷걸음질을 쳤지만 벽이었다. 알싸한 냉기가 등을 타고 흐르는데, 식은땀과 섞여서 오묘한 느낌이 들었다. 그러나 느낌이 중요한 건 아니었다. 중요한 건 더 이상 물러날 곳이 없다는 것이었다.

죽으라는 법은 없었다. 방법이 떠올랐다. 똥으로 끝나는 말을 주고받으며 EE의 공격성을 완화시키고 그 틈을 타 탈출을 시도하는 것이다.

쥐똥.

내가 말했다.

소똥.

EE가 자리에 멈춰선 채 홀린 듯 중얼거렸다. EE의 눈동자는 나를 바라보고 있었지만 나를 바라보고 있지 않은 듯했다.

말똥.

나는 이렇게 말하면서 빠져나갈 길이 없는지 주위를 살폈다. 보이는 거라곤 오직 굳게 잠긴 출입구뿐이었다. 진진, 개새끼.

사슴똥.

EE가 천천히 한 발 다가오며 말했다. 그 뒤 우리는 여러 차례 똥으로 끝나는 단어를 주고받았다. 점점 똥으로 끝나는 단어는 바닥났고 나는 탈출구를 찾지 못했다. 내가 머뭇거리자 EE가 정체불명의 괴성을 내질렀다.

급똥.

내가 말했다. EE가 고개를 갸웃거리더니 내게 달려왔다. EE의 머릿속에는 급똥이라는 말은 없는 모양이었다.

급한 똥의 줄임말이야.

내가 EE를 달랬다. 그러나 이미 EE는 입을 벌린 채, 그 똥 묻은 치아를 드러낸 채 코앞까지 다가와 있었다. 내 머릿속은 엑셀 함수를 처음 배우던 날처럼 하얘졌다. 빨리 똥으로 끝나는 단어를 내뱉어야만 살아남을 수 있었다. 그러나 아무 단어도 떠오르지 않았다. 그 뒤에는 내가 뭘 했는지 무슨 생각을 했는지 아무것도 기억나지 않는다.

똥똥똥똥똥.

EE에게서 들려오던 민활성의 다급한 목소리만 기억날 뿐.

EE를 피해 다니다가 발에 책 더미가 차였다. 잊고 있었던 EE의 특성이 떠올랐다. EE가 좋아하는 음식은 책이다. 그것도 오래된 책들을 좋아한다. 역시 나의 구세주는 어쨌거나 저쨌거나 소설뿐이라는 생각이 들었다. 조금 서글퍼졌지만 감상에 빠져 있을 틈이 없었다. 나는 김동인의 『감자』와 황순원의 『소나기』 초판본을 잡아 들었다.

나보다 이게 더 맛있을걸?

나는 두 책을 EE에게 보였다. EE가 관심을 보이며 눈알을 굴렸다.

나는 고깃덩어리에 불과해. 먹으면 똥밖에 더 싸? 그런데 이걸 먹으면 그거 자체로 예술이라고.

나는 1935년 한성도서에서 출간된 『감자』 초

반본을 찢어서 EE에게 던졌다. EE가 종잇장을 향해 몸을 날렸다. 놀라운 광경이었다. EE는 날아오르며 종잇장을 낚아챘고, 하이에나처럼 게걸스럽게 먹어치웠다.

이건 천재 이상! 백배는 맛있을 거야!

나는 『날개』를 찢어서 종잇장을 공처럼 구겼고 천장에 뚫린 구멍으로 집어 던졌다.

똥!

EE가 멈칫하더니 으르렁거렸다. 그러나 이내 본능을 이길 수 없다는 듯 뒷걸음을 치며 구멍으로 들어갔다. 나는 재빨리 합판으로 틈을 메웠다. 천장 속에서 게걸스럽게 무언가를 먹는 소리가 들렸다. 그사이 나는 혼심의 힘을 다해 문에 몸을 부딪혔다. 여러 번 부딪히고 나서야 비로소 문이 열렸다.

탈출한 뒤 며칠 동안 몸이 부들부들 떨렸다. 진진과의 만남. EE의 습격. 이런 어처구니없는 사건들을 겪으면서까지 상주 작가 자리를 지켜야 하나 회의도 들었다. 그러나 회의감 따위에 잠겨 있을 틈이 없었다. 진진이나 난쟁이보다 훨씬 더 공포스러운 존재가 있었으니까. 가장 현실적이기에 가장 두려운 공포. 맞다. 마이크에 대한 관장의 집착과 재촉. 관장은 나만 보면 마이크를 달라고 핏불처럼 으르렁거렸다.

드디어 단서를 발견했어요.

어느 날 더 이상 참을 수 없어서 관장에게 털어놓았다. 그날 관장은 다른 데서 스트레스 받은 걸 내게 푸는지 아예 작업실에 자리 잡은 채 마이크를 내놓으라고 닦달하고 있었다.

단서요?

관장이 닦달을 멈췄다. 구미가 당긴 듯했다.

마이크는 괴물이 먹은 게 분명해요.

괴물이요?

관장이 눈을 동그랗게 떴다.

뭐라고 말하는 게 이해하기 좋을까…… 아…… 괴물이라기보다 난쟁이라고 하는 게 좋을 것 같아요. 이름은 EE.

난쟁이…… EE…… 난쟁이 EE라…….

관장이 중얼거리면서 작업실을 맴돌았다. 나는

상주 작가 전용 의자에 앉은 채 관장의 모노드라마를 지켜봤다.

간단히 설명할게요. EE는 도서관에서 서식하는 괴물인데, 그 EE가 마이크를 갖고 달아난 민활성을 집어삼켰습니다. 믿으실지 모르겠지만 EE의 배 속에서 민활성이 자꾸 똥이라고 외치고 있습니다. 구조 신호로 추정됩니다. 그래서 우리 귀에 자꾸 똥이라는 소리가 들리는 겁니다. 그러니까 EE를 잡으면 민활성도 구할 수 있고 똥 소리도 안 들릴 것이고…… 관장님이 그토록 원하시는 마이크도 찾을 수 있습니다.

내가 부연 설명을 했다.

민활성이라면?

관장이 물었다.

저번에 말씀드렸던 초등학생입니다.

내가 대답했다.

난쟁이…… EE…… 마이크…… 똥…… 민활성…….

관장은 다시 생각에 잠겼다.

제가 왜 고민한 것 같아요?

잠시 뒤, 관장이 불쑥 내게 얼굴을 붙였다.

어떻게 EE의 배 속에서 민활성을 꺼내줄까?

나는 관장을 떠봤다. 관장이 피식 웃었다. 정답을 말했나 싶어서 나도 덩달아 웃었다.

괴물이라고요?

일순간 관장이 목소리를 깔았다. 나는 침을 꿀꺽 삼키곤 고개를 끄덕였다. 출세를 위해서라면, 관장은 단숨에 EE를 처단하고 민활성을 구해내고 마이크를 찾을지도 모른다는 기대감이 들었다.

지금 저랑 장난하는 겁니까? 후배님, 왜 이렇게 책임감이 없어요?

관장이 일순간 표정을 일그러뜨리곤 다그쳤다.

아니, 창고에 괴물이 있다니까요.

나는 거의 애원했다.

쉿!

관장이 입에 손을 올렸다.

조용히 하세요. 도서관에 괴물이 있다는 소문이 돌면 주민들 항의가 잇따를 거고 그럼 도서관 평판도 나빠집니다. 제가 사람 잘못 봤네요. 소설과 현실을 혼동하는 사람을 뽑다니요. 그거 아세요? 자고로 작가는 날카로운 시각으로 현실을 조망하는 존재입니다. 그로부터 리얼리즘이 발현되며 그 심연에는 진실보다 더 진실에 가까운 인류애가……

관장이 잔소리를 늘어놓았다.

그만! 리얼리즘은 그만둬!

나는 소리를 질렀다. 더 이상 듣고 싶지 않았다. 관장은 놀랐는지 눈을 동그랗게 떴다.

그만두겠습니다.

나는 자리에서 일어섰다.

뭐? 리얼리즘을?

관장이 물었다.

아니, 이 도서관을 그만두겠다고요.

내가 말했다.

들어올 땐 마음대로 들어왔을지 몰라도 나갈 땐 마음대로 나갈 수 없습니다. 어디 그만두기만 해봐요. 중도 포기하면 도서관 평가 점수가 낮게 나와버린단 말입니다.

관장이 내 어깨를 눌러 자리에 앉혔다.

그놈의 점수! 점수!

나는 관장의 손을 뿌리치곤 다시 일어서서 관장을 마주 봤다. 관장은 내 기세에 주춤했다. 그러나 그것도 잠시였다.

제가 후배님 같은 부류를 하루 이틀 상대해본 것 같습니까? 도서관에 있으면 온갖 미친 사람을 만납니다. 괴물이라니 혹시 마약이라도 하셨나요? 자칫 소동이라도 일으켰다간 상부에 보고해서 상주 작가 제도를 없애버릴 수도 있습니다. 그럼 동료 작가들이 혜택을 누리지 못하게 되고 당신을 평생 원망할 겁니다. 그걸 견딜 깜냥은 돼요?

관장이 씩 웃으며 다시 내 어깨를 짓눌러서 주저앉혔다.

선택하시죠. 이대로 그만둘래요? 아니면 마이크를 찾을래요?

관장이 사직서와 마이크를 든 듯 양손을 내밀었다. 여러모로 마이크를 찾는 게 나을 것 같았다. 나는 상주 작가 전용 의자에 굳은 듯 앉아 있을 수밖에 없었다.

다음 날, 문화예술위원회에서 전화를 받았다.

주무관은 마이크 분실과 관련된 이야기를 들었다고 했다. 미래의 문화관광부 장관이 책임 회피와 자리보전을 위해 과장해서 말한 게 분명했다.

괴물 이야기를 했다고요?

주무관은 나를 심문했다. 나는 인정했다. 진짜 괴물을 봤다는 말도 덧붙였다. 주문관은 혹시 마약이나 약물을 복용했냐고 물었다. 나는 마약은 커녕 술도 마시지 않고 담배도 피우지 않는다고 했다. 그러자 주무관은 당신이 잘못하면 오랜만에 정권을 잡은 좌파가 피해를 입는다며 다시는 괴물 이야기를 입 밖으로 꺼내지 말라고 했다.

설혹 그게 진실이라도 거짓말을 하라는 건가요?

내가 물었다.

네, 그렇게 하세요.

주무관이 한숨을 쉬었다.

그럼 마이크는요?

정부가 당신에게 월급을 주는 이유를 아직도 모르겠어요?

주무관이 전화를 끊었다.

선배, 그러니까 똥 소리가 나는 마이크 때문에 스트레스를 받는다는 거지?

공무원 후배에게 토로하니 비웃음이 되돌아왔다. 그 뒤 공무원 후배는 한 수 가르쳐주듯 자신이 직장에서 받는 스트레스에 대해 나열했다. 듣고 보니 내 스트레스는 아무것도 아닌 것 같았다. 공무원 친구는 멀리 갈 것도 없이 주위의 사서들을 돌아보라고 했다. 사서가 도서 바코드나 찍으며 남는 시간에 자기 계발을 한다는 건 착각이었다. 단언하건대 사서의 업무 강도는 중노동이었다.

반면에 상주 작가는 어떤가? 다른 도서관 상주 작가는 몰라도 답십리도서관 상주 작가는 보통 출근한 뒤 커피를 마시고 〈브레이킹 배드〉와 〈소프라노스〉를 봤고, 오후에는 낮잠을 자거나 지인과 통화를 한다. 소설을 쓴다고 하지만 쓰지 않고 가만히 앉아 있을 때가 많다. 그런데도 10년 차 정규직 사서와 비슷한 월급을 받는다. 직원이 아니라서 가끔 관장에게 개기기도 한다. 임기가 정해져 있는 직위라 진급에 대한 환상도 없다. 마이크를 찾아 헤매는 고난이 깃든 여정은, 어떻게 보면 신이 형평성을 고려해 내린 형벌일지도 모른다. 고작 1년 형이기 때문에 공무원 후배는 내가 부럽다고 했다. 자신은 종신형이라고.

인정한다. 상주 작가의 업무 강도는 대한민국 최하위였다. 그러니 징징대지 말고 스스로 문제를 해결해야 했다. 실로 고독한 싸움이었다. 마이크를 찾기 위해서는 EE를 포획해야 한다. 나는 창고에 들락거렸지만 성과는 없었다. 책장을 찢어 만든 덫으로 유인도 해봤고, 똥으로 끝나는 말을 중얼거리기도 해봤지만, EE는 나타나지 않았다. 그런데 EE는 내가 만들어낸 거잖아! 나는 지고 있다. 분명 내가 창작해낸 환상에 지고 있는 것이다. 이게 나의 리얼리즘이다.

그 와중에 『나는 자급자족한다』 초고가 완성됐다. 출판사에서 재촉하고 있는 원고라서 초고가 완성되자 마음이 편해졌다. 나는 기분 전환 겸 그날 오후 일과를 땡땡이치고 왕십리 CGV에서 〈플로리다 프로젝트〉를 봤다. 오랜만에 영화를 보면서 훌쩍였던 것 같다. 흙수저 미취학 아동이 미래를 긍정하는 영화는 언제나 슬픈 것 같다.

다행히 관장은 감사 기간이라 정신없이 바빴다. 마이크는 안중에도 없었다. 나는 그 틈을 타매일같이 영화를 봤다. 그렇게 일주일이 지난 뒤였다. 오늘은 무슨 영화를 볼까 고민하다가 더 이상 볼 영화가 없어서 서울숲 산책을 하고 왔더니관장이 작업실에 들어와 있었다. 나는 괜히 찔려서 마이크를 찾는 데 최선을 다하고 있으니 시간을 조금만 더 달라고 선수를 쳤다.

마이크 이야기를 하려는 게 아닙니다. 도서관근로자의 기강에 대해 얘기해주려고 기다렸어요. 참, 일주일 전인가, 〈플로리다 프로젝트〉는 재미있었어요? 감사 기간인데 눈치도 없습니까?

관장이 근무 태만을 지적했다. 나는 소설 창작에 필요한 영화였다고 둘러댔다. 말을 하고 보니진짜 소설 창작에는 영화가 필수적이라는 생각이 들었다. 고대로부터 전수되어 온 저주받은 문

나는 지고 있다.

분명 내가
창작해낸 환상에
지고 있는 것이다.

이게 나의 리얼리즘이다.

자들을 떨쳐버리기 위해 최대한 감각적인 영상이 필요한 것이다.

관장님이 말씀하시지 않았습니까. 창작에 필요한 모든 걸 돕겠다고요.

내가 말했다.

그런데 〈플로리다 프로젝트〉는 아름다운 영화 아닌가요?

관장이 물었다. 나는 왜 이런 맥락의 말을 하는 건가 의아해서 말을 아꼈다.

반면 후배님의 소설은 아름다움과 거리가 멀어요. 괴물이 마이크를 든 초등학생을 먹어치웠다는 타령처럼요. 후배님 소설에 〈플로리다 프로젝트〉는 도움이 되지 않는다는 거죠.

관장이 『나는 자급자족한다』 초고 뭉치를 내 앞에 던졌다.

미안. 책상 위에 널브러져 있길래 슬쩍 봤어요. 이번 소설도 블랙코미디더라고요? 세상을 비웃고 등장인물을 바보로 만드는 후배님의 장기 말이에요. 후배님은 이 세상이 한낱 조롱거리죠? 설마 도서관이 주는 월급의 결과물을 보는 건데 불만은 없겠죠? 물론 후배님이 자리를 지켰다면 허락을 받았겠지만요.

관장이 실실거렸다. 내가 멍하니 초고 뭉치를 바라보며 무례하다고 따져야 하나 말아야 하나 고민하고 있을 때 관장이 근로계약서를 내밀었다.

을(상주 작가)이 직무를 성실히 수행하지 않을 경우 갑(답십리도서관)이 임의대로 계약 해지를 할 수 있으며…….

그리고 해고 항목을 읽어나갔다. 근로계약서 하단에는 내 서명이 보였다. 정신이 번쩍 들었다. 자칫 처신을 잘못했다가는 더 이상 월급을 받을 수 없다는 생각에. 그럼 나는 알바거리를 찾아 사람인을 유령처럼 떠돌아야 하는데. 이깟 굴욕은 견디고 말지. 나는 침착해졌다.

원하는 게 뭡니까?

내가 물었다. 나는 그를 노려봤고, 관장은 노련하게 내 눈매를 훑었다.

후배님은 답십리도서관 상주 작가입니까?

관장이 물었다.

네?

자부심까지는 바라지도 않아요. 답십리도서관 상주 작가라는 어떤 자각이 있냔 말입니다.

관장이 근엄한 음성으로 꾸짖듯 말했다. 나는 그게 무슨 말이냐고 되물었다.

대체 왜 답십리도서관 상주 작가가 되셨습니까? 단순하게 월급을 받으려고요? 사르트르가 말하길 작가라 함은 본디 지역사회와 문학의 징검다리가 되어야 하거늘…….

이제 헤밍웨이도 인용하시겠네요? 어디 셰익스피어까지 가보시죠?

또…… 또…… 비아냥거린다. 제가 하고 싶은 말은 후배님이 작가로서 답십리도서관을 진지하게 생각하고 있냐는 말입니다. 창작 기금을 떠나서요.

제가 언제 그렇다고 한 적 있어요? 그리고 설혹 그렇다 한들 그게 그렇게 잘못된 건가요?

기가 찼다. 그럼 대체 내가 왜 도서관에서 일한다고 생각하는지 이유를 알 수 없었다. 역시 운동권 세대들은 사명감이 문제였다. 사명감은 그들을 살렸지만 이제 또 죽일 것이었다.

근무 시간에 영화를 보고 온 건 뭐 그럴 수 있다 쳐요. 후배님 작품엔 도움이 안 되겠지만 창작에 정답은 없으니까요. 문제는 그게 아니죠. 애티튜드가 문제입니다. 공공 물품을 분실했으면 책임을 져야 하는데 도망 다니기나 하고. 제가 그 마이크가 아까워서 그런 줄 아십니까? 우리 천진난만한 후배님, 서른여섯을 먹고도 사회생활 하나 제대로 하지 못해서 빌빌대는 우리 후배님을 누가 교육시킨단 말입니까? 저 같은 선배를 만난 걸 다행으로 아십시오!

관장이 손을 머리 위로 들며 열변을 토했다. 나는 사회생활 운운하는 데 자존심이 상해서 영화를 보고 온 걸 어떻게 알았냐고, 미행이라도 했냐고 따져 물었다. 그는 다이어리를 열고 사이에 끼워놓은 종잇장 하나를 건넸다. 나는 종이를 받아 폈다. 낯이 익었다. 1층 로비에 걸려 있는 붉은색 상자. 바로 소원수리함에 든 용지였다.

답십리도서관 상주 작가를 고발합니다. 이 양반이 저의 소중한 답십리도서관을 갉아먹고 있는 걸 보고는 도저히 모른 척하지 못하겠습니다. 쓴소리를 하더라도 양해해주세요. 분란을 일으키려는 게 아닙니다. 저는 단지 답십리도서관을 사랑하는 것뿐입니다.

저는 작가 지망생입니다. 매번 공모전에서 떨어지기 일쑤였고 현직 소설가에게 코멘트를 받고 싶었지만 기회가 없었죠. 그래서 답십리도서관에서 상주 작가를 선발했다는 소식을 접한 뒤 매일매일 찾아갔습니다. 상주 작가님께 제 글을 보여줄 수 있을 거란 기대에 부풀어서요. 그런데 상주 작가는 코빼기도 보이지 않더군요. 처음 몇 번은 잠깐 자리를 비웠겠거니 생각했어요. 그러나 일주일 동안 한 시간 간격으로 작업실을 노크했는데 반응이 없더라고요. 없는 척하는 거 아니면 하루 종일 자리를 비웠던 거겠죠. 화가 났습니다. 대체 시민의 세금으로 책임감 없고 지역사회 주민과 소통하지 않는 상주 작가를 왜 선발한 겁니까? 무슨 비리라도 있는 겁니까? 의심하지 않을 수 없더군요.

그런데 말입니다. 저는 놀라운 광경을 목도하고

말았습니다. 일주일 전 정오 즈음 우연히 답십리도
서관 상주 작가와 조우한 것입니다. 그러니까 도서
관이 아니라 왕십리 CGV에서 말입니다. 그렇게 만
나 뵙기 어려운 상주 작가님을요. 저는 그의 이름
을 인터넷에 수도 없이 검색해봤기 때문에 상주 작
가의 면상을 똑똑히 기억하고 있었습니다. 혹시 그
는 왕십리 CGV 상주 작가입니까? 그럼 국가가 아
니라 CJ에서 월급을 받나요?

상주 작가님은 기분이 좋아 보였습니다. 가벼운
발걸음으로 콧노래를 흥얼거리며 팝콘과 콜라를
들고 〈플로리다 프로젝트〉 상영관으로 입장하더군
요. 우리가 낸 세금이 팝콘이 되고 콜라가 되고 영
화를 보는 시간이 되고. 이상한 기분이 들었습니
다. 그럼 저는 그의 여가 생활을 위해 세금을 납부
하는 겁니까?

똑똑히 기억합니다. 삼자대면해도 좋습니다. 분
명 상주 작가는 〈플로리다 프로젝트〉 상영관으로
들어갔습니다. 저는 〈더 포스트〉를 보고 있었는데,
분해서 스크린이 하나도 눈에 들어오지 않았습니
다. 도서관을 우습게 보고 있는 것 같은데…… 그

럼 도서관을 이용하는 시민들을 우습게 보고 있다는 뜻이고…… 무언가 조치가 필요하다는 생각이 들었죠. 이 작자에게 답십리도서관 상주 작가를 맡기는 건 용납할 수 없는 일 같았습니다. 어느 순간 구역질이 나왔습니다. 다른 관객에게 피해가 갈까봐 바로 뛰쳐나왔죠. 화장실에서 그날 먹은 걸 다 토하니 조금 괜찮아지더군요. 하지만 그때뿐이었습니다. 지난 일주일 동안 아무리 속으로 삭이려고 해도 분이 풀리지 않더군요. 제가 무슨 힘이 있나요. 도서관으로 달려와 소원수리함에 글을 쓰는 방법밖에 없었죠.

도서관도 곤란할 테니 당장 상주 작가를 해고하라는 요구는 하지 않겠습니다. 다만 상주 작가라는 양반은 시민의식을 함양할 필요가 있는 것 같아요. 도서관에 대한 전반적인 교육이 필요다고 생각합니다. 애정을 갖기 위해서는 일단 알아야 하니까요. 기회를 드리겠습니다. 기회는 단 한 번. 답십리도서관 측에서 제대로 교육시키지 않는다면 청와대 앞에서 1인 시위라도 할 생각입니다. 일이 더 커지기 전에 도서관 자체 조치가 취해지길 바랍니다.

저의 분노는 터지기 일보 직전입니다.

답십리도서관의 수호자로부터

답십리도서관의 수호자가 보낸 경고장을 읽은 뒤 나는 누군가 문을 두드렸는데 귀찮아서 외면한 적이 있는지 기억을 더듬었다. 가물가물했다. 설혹 내가 그랬다고 치더라도, 문을 두드린 자가 소원수리 용지를 쓸 만큼 극성이라면 문을 열지 않았던 게 탁월한 판단이었다는 생각이 들었다. 혹시 글을 첨삭하다가 칼에 찔리기라도 하면 어떻게 한단 말인가. 나는 앞을 내다보는 능력이 부족하지만, 도서관에 매일 드나드는 작가 지망생이 정상일 리 없다는 건 예측할 수 있었다.

나는 소원수리 용지에서 고개를 들고 관장을 바라봤다. 관장은 진실은 결국 밝혀진다는 듯 눈을 부라리고 있었다. 처음에는 큰일 났다 싶었는데, 시간이 흐르니 짜증이 났다. 상주 작가 따위가 뭘 하건 대체 무슨 상관이란 말인가. 어차피 상주 작가 월급은 눈먼 세금 아닌가. 차라리 누가 똥이라고 외쳐대는 통에 공부가 방해된다며 항의한 거면 모를까. 내가 영화를 본 게 대체 시민의식이랑 무슨 상관이란 말인가. 나는 터무니없는 농간이라고 생각했지만 관장은 엄숙한 표정을 짓고 있었다.

처음이라면 그냥 넘어갔을 거예요. 나 꽉 막힌 사람 아닙니다.

관장이 말했다.

문제는 처음이 아니라는 거죠.

관장이 다시 다이어리를 열어서 지난 일주일간 받은 거라며 소원수리 용지 한 묶음을 건넸다. 나는 용지를 받아서 훑어봤다. 월요일 오후 세 시경, 도서관 앞 분식집에서 떡볶이를 먹었던 것. 햇빛이 따스했던 화요일에 옥상에서 낮잠을 잤던 것. 수요일에 KC와 말다툼을 벌였던 것. 목요일에 10분 먼저 퇴근했던 것. 금요일에 수업 시간에 30분 정도 늦었던 것. 내 일거수일투족이 적혀 있었다. 모두 같은 글씨체로.

이쯤 되면 제가 뭘 잘못한 게 아니라 이분이 스

토커라는 거 아시죠?

내가 말했다. 관장은 고개를 끄덕이다가 이내 가로저었다. 내 말에 동의하는 건지 부정의 의미인지 짐작할 수 없었다.

사실 후배님이 뭘 하든 전 신경도 쓰지 않았어요. 땡땡이, 뭐 칠 수도 있죠. 소설가의 특권 아니겠습니까? 자발적 아웃사이더. 그런 기질 이해해요. 이분이 조금 과하다는 것도 알고 있죠. 그런데 문득 이 소원수리들이 어떤 시그널인 것 같다는 생각이 들었어요.

시그널이요?

네. 시그널.

관장이 지그시 나를 응시했다. 나는 그게 뭐냐고 물었다.

이를테면 무의식이 보내는 텔레파시 같은 거예요.

텔레파시라…….

그간 헷갈렸는데 이제 감이 좀 잡혔어요.

관장이 말했다.

똥.

그때 똥 소리가 들렸다.

후배님에게 도서관 업무를 두루 경험해보게 해주는 게, 어쩌면 진짜 상주 작가로 발돋움시켜 줄 수 있는 포인트가 아닐까 하는 거요. 똥! 이 도서관에 애정을 갖게 해주는 가장 좋은 방법이라는 거죠. 똥! 상주 작가도 엄연히 도서관의 구성 요소라고요. 똥! 저는 후배님을 포기하지 않을 거예요. 똥! 빌어먹을! 저 똥 소리! 똥!

관장과 민활성이 동시에 외쳤다.

관장의 추진력은 굉장했다. 업무가 많아지는 게 두려워서 마이크 평계를 대자 관장은 도서관 업무를 경험하는 게 시급하다며 잠시 미뤄두라고 했다. 계약서상 내게 관장의 업무 지시를 거부할 수 있는 권리 같은 건 없었다. 나는 상주 작가라 불리지만 실상은 독특한 형태로 고용된 을에 불과했고, 월급을 받기 위해서는 갑에게 굴종하는 게 편했다.

나는 상주 작가 도서관 체험 프로그램이라는

명목하에 도서관 업무를 순회하기 시작했다. 도
서 대여. 도서 운반. 서가 이동. 특강 기획. 수서 업
무. 어렵진 않았다. 힘들긴 했지만 보람 있었고 생
각보다 적성에 맞아서 임기가 끝나면 방송통신
대학이나 대학원 문헌정보학과나 다닐까 했지만,
서너 번 컴플레인을 받은 뒤 사서라는 직업에 대
한 긍정적인 생각은 아예 사라지고 말았다. 누군
가에게 도서관은 천국일 수 있지만, 사서에게 도
서관은 지옥이었다.

유일하게 끝까지 흥미를 유지한 건 연체 도서
독촉 업무였다. 연체 도서 독촉이야말로 상주 작
가라면 돈을 주고서라도 경험해야 하는 업무 같
았다. 영감을 준달까. 어떻게 설명해야 할까. 나
역시 내가 왜 이 업무에서 영감을 얻는지 궁금했
는데, 아마도 타인의 내면에 대해 사유할 수 있는
시간을 갖기 때문 아닐까 싶다. 심연의 밑바닥까
지 말이다. 왜 저 점잖은 노인은 책을 연체하는 걸
까. 왜 저 명품 슈트를 입은 직장인이, 왜 명문대
법대생이 책을 반납하지 않지? 왜 도서관 책을 연

체하는 데 양심의 가책을 느끼지 못하는 것일까?

업무 자체는 단순하다. 연체자 리스트를 보고 전화를 걸어서 반납을 촉구하는 게 다였다. 그럼 보통 잊고 있었다거나 바빴다는 사과가 돌아오고 머지않아 실제로도 반납한다. 그 뒤엔 연체 일수만큼의 대여 금지 패널티를 부여하거나 돈을 받고 패널티를 지워준다. 분실할 경우 책값을 요구하면 그만이다. 솔직히 말하면 책을 영원히 반납하지 않더라도 법적 처벌을 받는 경우는 없다.

연체 도서 독촉 업무를 맡은 뒤 출근하는 게 기다려지기도 했다. 연체 독촉은 모종의 힘을 부여했다. 권력이랄까. 마치 채무자를 찾아다니는 용역 깡패가 된 기분. 노벨문학상을 탄 뒤 모교 문창과에서 특강을 하는 느낌. 관리자 직급에 오르면 이 맛에 일찍 출근하고 늦게 퇴근하고 회식까지 하고 싶어 하는구나. 나는 드디어 공감할 수 있었다.

영감이 몰아닥쳐서 차기작 아이디어도 떠올랐다. 연체 도서 독촉을 하다가 우발적으로 연체자를 죽인 살인마 사서. 한 번이 어렵지 두 번은 쉽다. 결국 연체자는 사라지고 완벽하게 살인을 은폐하는 데 성공한 살인마 사서. 그 공으로 국무총리 표창장도 받는다. 살인마 사서가 문화재급 책을 분실한 국립중앙도서관으로 스카웃되면서 이야기는 막을 내린다. 제목은 '북 헌팅'. 또 나만 재미있는 내용인가.

그럼 이건 어떤가. 장기 연체자의 뒤를 쫓다가 국정원이 벌인 살인 사건에 휘말린 계약직 사서. 장기 연체자는 사실 이중 첩자였으며 도서관에 있는 책을 통해 암호를 주고받는 방식으로 국가 기밀을 빼돌리고 있었다. 우연히 이중 첩자의 정체를 알게 된 계약직 사서는 위기에서 벗어나기 위해 고서가에 있는 『난중일기』에서 비공을 받는데…… 아무도 관심이 없는 것 같으니 이쯤에서 집어치우자.

진종일 몰두해서 일하니까 의외의 효과도 나타났다. 똥 소리가 들리긴 했는데 부차적으로 느껴졌달까. 언제부턴가 EE만 떠올리면 내가 미쳤었다는 생각부터 들었고 헛웃음이 비집어 나왔다.

똥 소리? 이게 다 선배가 널널해서 그래.

공무원 후배의 말은 맞는 걸로 결론이 났다.

독촉을 하는데도 책을 반납하지 않는 자들이 분명 있었다. 블랙리스트는 열다섯 명이었는데, 그중 세 명은 사망했고, 열두 명이 총 50권의 책을 빌려서 반납하지 않았던 걸로 기억한다. 대부분 연락되지 않았다. 연락이 닿아도 반납한다고 하고 반납하지 않았다. 그다음은 집 방문. 그럼 절반은 받을 수 있다. 그렇게 해도 책을 받지 못하면 어떻게 해야 하는가. 관장은 현실적으로 방법이 없다고 했지만, 나는 포기하지 않고 아이디어를 냈다. 내용증명 발송. 경찰 사칭. 재산 몰수 음모론 유포. 미행. 공개 법정 개최. 관장은 그렇게까지 집요하게 하지 않아도 된다고 했는데 인자한 미소를 짓는 걸 보니 마음에 드는 모양이었다. 나

역시 업무에 집중하는 게 좋았다. 관장의 잔소리가 현저하게 줄었기 때문이다. 심지어 사이도 좋아졌다. 관장은 커피까지 사주며 후배님이 노력하는 모습을 보니까 보기 좋다고, 마이크 같은 건 분실 신고하면 그만이라고 나를 다독였다.

이제 괴물 같은 건 생각도 안 나죠?

관장이 물었다. 신기하게도 맞는 말이었다. 나는 고개를 끄덕였다.

역시 후배님 같은 예술가도 일을 해야 한다니까. 하루 종일 열심히 일하면 그런 망상을 안 떠올려도 된다고. 내가 은인이네. 은인.

관장이 너털웃음을 터뜨렸다.

나는 끈질겼다. 사망자를 제외한 모든 연체자의 자택을 찾아갔다. 대부분 혀를 내두르며 책을 반납했다. 나는야 장기 연체자 헌터. 어느덧 절대 빌린 연체자 하나만 남아 있었다. 웹툰이라면 연체자들을 격파하며 필살기나 초능력을 습득했겠지만, 현실의 내게는 정규직 전환 심사에서 번번이 떨어지는 계약직처럼 악밖에 남은 게 없었다.

절대 빌런 연체자는 절판본만 빌려서 종적을 감춘 작자였다. 총액은 200만 원이 넘었다. 당연히 전화도 받지 않았고 집으로 찾아가도 없었다. 다분히 악의적인 의도가 엿보였다.

다섯 번째 찾아갔을 때, 빌런 연체자는 집에 있었다. 답십리역 부근의 허름한 복도식 아파트 3층. 기억난다. 벨을 누르자 연체자가 밖으로 얼굴을 빼꼼 내밀었다. 그 순간을 잊지 못할 것 같다. 연체자를 본 순간 이루 말할 수 없이 허무해졌으니까. 차기작에 대한 영감을 얻을 수 있지 않을까 내심 잔뜩 기대하고 있었는데 연체자는 아무런 영감도 주지 못했다. 좁은 어깨, 동그랗게 부푼 뱃살, 밋밋한 이목구비…… 어딜 가도 볼 수 있는 평범한 아저씨여서 어떤 상상력도 발휘되지 않던 것이다.

가족 행사 때문에 지방에 다녀왔어요.

내가 연체 도서를 받기 위해 네 번이나 찾아왔었다고 하자 연체자가 입을 열었다.

그나저나 드디어 만나게 됐군요.

연체자의 얼굴에 희미한 미소가 떠올랐다.

네?

예상 밖의 대답이어서 당황스러웠다. 죄송하다고, 일이 바빠서 그랬다고 고개를 조아리거나, 책을 훔친 것도 아닌데 집까지 찾아와서 왜 이리 귀찮게 구냐고 반발할 걸 기대했는데, 드디어 만나게 됐다니? 논리적으로 따져보자. 그렇다면 나를 만나기 위해 일부러 책을 반납하지 않은 게 되는 건가. 되돌아보면 그때 나는 이 연체자가 엄청난 영감을 줄지도 모른다고 생각을 바꿨던 것 같다.

작가님을 드디어 본다고요.

어느 순간 연체자가 다시 입을 열었다.

저를 아시나요?

내가 물었다. 그때까지만 해도 그가 누구인지 짐작조차 하지 못했던 것 같다.

연체자의 집은 도서관 같았다. 아니, 정리되지 않은 도서관 같았다. 거실에 부엌과 화장실이 딸린 독신자 아파트였는데, 거실과 화장실을 오갈 수 있는 가느다란 길을 제외하고는 발 디딜 틈도 없이 책 더미가 어지럽게 쌓여 있었다. 내가 왜 연체자의 집에 들어섰는지 기억나지 않는다. 모르긴 몰라도 영감을 기대했겠지.

책상 위에는 책 대여섯 권이 널브러져 있었다. 놀랍게도 답십리도서관뿐만 아니라, 인근 도서관에서 대여해 온 책이었다.

아, 이건 중곡동. 이건 하왕십리동. 이건 행당동. 이건 장안동. 회원 가입만 하면 빌려줘요. 귀찮으면 가까운 도서관으로 상호대차도 되고. 이게 찾으시는 답십리도서관 책들입니다.

그가 자랑하듯 책들을 선보였다.

차 한잔 하실래요?

멀거니 선 채 무슨 자랑을 듣고 있는지 상황 파악을 하고 있을 때 연체자가 물었다. 나는 차는 됐고 책이나 달라고 했다. 그가 너털웃음을 터뜨렸다. 나는 불쾌해졌다.

기분 나빴다면 죄송합니다.

연체자가 내 눈치를 살폈다. 그때였다. 책장 한 면을 통째로 할애하며 빽빽이 꽂혀 있는 『미래 돌연사』가 눈에 띄었다. 나는 연체자를 다시 살펴

봤다. 이제 그가 누군지 알 것 같았다. 『미래 돌연사』의 프로필 사진에서 봤던 송충이 눈썹은 나이가 든 탓에 숱이 줄어서 지렁이만도 못해 보였지만 분명 진진이었다.

작가님, 이제 아시겠어요?

진진이 말했다. 창고 문 너머에서 들리던 정체불명의 목소리. 내 발로 직접 본인을 찾으러 오게 하겠다는 호언장담도 떠올랐다.

작가님이 직접 찾아오게 한다고 말했었죠?

진진이 웃음기를 머금은 채 말을 이었다.

진진······.

내가 말했다.

네, 맞아요. 접니다. 제가 작가님을 찾아오게 하기 위해 일부러 연체한 거죠.

진진의 눈이 반짝였다. 그렇다면······ 소원수리함에 투서를 한 것도 진진······ 모든 것이 아귀가 맞아떨어지고 있었다.

혹시······.

맞습니다. 제가 소원수리함에 투서를 했죠. 본의 아니게 죄송합니다.

진진이 망설임 없이 고백했다.

그 방법이 스토킹이었나?

나는 진진의 멱살을 잡았다. 진진이 갑자기 미친 듯이 웃었다. 나는 진진이 실성한 게 아닌가 싶어서 겁이 났고 멱살을 살며시 풀었다.

스토킹은 그렇다 치고 왜 거짓말을 하신 거죠?

다시 존대도 했다. 작가 지망생 흉내를 내며 나를 모함한 것 말이다.

소설은 뭐라고 생각하나요?

진진이 어깨를 으쓱하며 대답 대신 질문을 던졌다.

네?

소설이란 무엇이냐고요. 문예창작학과를 졸업했던데, 1학년 '문학이란 무엇인가' 수업 때 배우지 않았나요?

진진이 나를 검지 손가락으로 겨누었다.

소설이란…… 소설이란…….

머릿속에 답이 맴도는 것 같은데 쉽사리 입 밖으로 나오진 않았다.

소설이란 현실에 있을 법한 이야기를 픽션으로

꾸며내는 것이죠.

진진이 선수를 쳤다.

보세요. 현실에 있을 법한 이야기니까 관장님이 소원수리를 믿고 작가님께 연체 독촉 업무를 지시했죠.

진진이 너스레를 떨었다.

걱정 마세요. 더 이상 대결할 생각은 없어졌습니다. 긴장 푸시라구요.

진진이 바로 덧붙였다. 대결할 생각이 없다니. 진진의 말은 보르헤스의 소설처럼 해설이 없으면 도무지 이해가 가지 않았다.

대신 협력할 생각이 있죠.

진진이 씩 웃었다. 점점 미궁이었다. 나는 무슨 말을 하는 거냐고 물었다. 진진은 대답 대신 장기 연체된 책 중『수레바퀴 아래서』를 가리켰다. 1906년 러시아에서 발간된 초판본의 최초 번역본으로 100만 원이 넘는 가치가 있었다. 답십리동에 살던 이름 모를 문인이 기증한 것으로 알고 있다. 할아버지 냄새가 나서 도서관에서는 찬밥 취급받고 있었지만. 내가『수레바퀴 아래서』와 진진을 번갈아가며 보고 있을 때 진진이 제본한 책을 건넸다. 나는 제본 도서를 받아 들고 무슨 영문인가 싶어서 진진을 바라봤다. 진진은 제본 도서를 고갯짓했다. 제본 도서의 겉면에는 '수레바퀴 아래서'라는 제목이 고딕체로 크고 진하게 인쇄돼 있었다.

저는 과거의 책을 토대로 미래의 책을 씁니다. 과거의 책은 제가 갖고 미래의 책은 도서관에 돌려주죠. 이게 바로 과거의 책입니다.

진진이 『수레바퀴 아래서』 초판본을 매만졌다.

그리고 작가님이 들고 계신 게 바로 미래의 책이죠.

진진은 내 손에 들린 『수레바퀴 아래서』를 응시하며 뿌듯한 표정을 지었다.

진진은 입을 다물었다. 내게 시간을 주는 듯했다. 시간이 흘렀다. 나는 상황을 어느 정도 파악할 수 있었다. 진진이 도서관에서 책을 대여한다. 동일한 제목의 책을 쓴다. 원본을 팔아서 생계를 유지한다. 원본 대신 동일한 제목의 책을 반납한다.

완전범죄!

제 작업들은 그 과정 자체로 예술입니다.

진진은 도서 위조를 작업이라고 표현했다.

예술이 범죄라면 예술이 아니라 범죄 아닌가
요?

코웃음이 절로 나왔다.

범죄라뇨. 이건 엄연한 창작입니다.

돈이 없으면 글을 쓰지 말고 취직을 하세요. 그
게 아니면 타임머신을 발명해서 소련으로 되돌아
가거나요. 소련에서도 당신 같은 이류 작가는 지
원해주지 않았을 겁니다.

나는 비아냥거렸다. 특히 소련에서도 이류 작가
는 지원해주지 않는다는 대목이 마음에 들었다.

저는 타고난 작가입니다!

그가 소리를 꽥 질렀다.

상주 작가가 된다면…… 전 걸작을 썼을 거라
고요!

진진의 얼굴이 붉어졌다. 불현듯 평생 드러나
지 않을 천재성을 갈구하기 위해 상주 작가 자리
에 집착한다는 게 다소 작위적으로 느껴졌다. 좀

더 실질적인 이유가 필요했다. 그때 머릿속에서 퍼즐이 맞춰졌다. 진진은 글을 쓰기 위한 돈벌이 수단으로 책을 훔치고 있었다. 그러니까 진진이 상주 작가가 된다면 그 계획은 더욱 수월하게 이루어질 수 있을 것이었다. 그걸 내가 가로막은 셈이다. 당연히 들 수밖에 없는 의문 하나. 같은 제목의 책을 쓴다고 해서 누가 몰라볼까? 묻고 싶었지만 입이 잘 떨어지지 않았다. 순진무구한 인간의 꿈을 무참하게 무너뜨리는 것만큼 잔혹한 건 없었다. 부모님이 작가를 꿈꾸는 나를 방치했던 것처럼.

걱정 마세요. 한국의 독서량은 세계 최저 수준입니다. 특히 문학은 아예 읽지 않는다고 보면 됩니다. 한국문학의 소비자는 문창과 학생들과 작가들과 출판사 직원들뿐이죠. 국립중앙도서관이나 대학 도서관도 아니고 일개 시민 도서관에서 들킬 확률은 1퍼센트도 안 됩니다.

진진이 내 생각을 읽은 듯 손가락을 가로저었다.

은행은 돈을 보관해주고 그 돈을 투자하고 불려서 다른 사람에게 빌려주고는 이자를 받습니다. 은행은 그 자체로 강도나 다름없고, 저는 강도를 터는 강도가 될 것이니, 즉 강도가 아닙니다. 이 도서관도 마찬가지죠. 세금으로 책을 사고 온갖 생색을 내며 책을 빌려주잖아요. 대체 독촉은 왜 하는 겁니까? 나는 진진의 논리적 비약에서 한물간 아나키스트를 떠올렸지만 티 내지 않았다. 남들이 봤을 때 나 역시 그럴 테니.

진진이 갑자기 은행 강도 이야기를 읊었다. 왠지 어디선가 들어본 것 같았다.

「상담」에서 진진이 은행과 도서관의 공통점을 서술하며 은행 강도의 정당성을 설파하는 대목입니다.

진진이 말했다.

정확하게 제 생각과 일치합니다. 저는 도서관에 무분별하게 퍼져 있는 세금을 예술로 승화시키는 중입니다. 이런 걸 전문 용어로 공공 예술이라고 하죠. 작가님도 동의하시잖아요? 솔직해져보세요. 인정하시라고요.

진진이 입을 놀렸다. 나는 말문이 턱 막혔다.

「상담」은 소설일 뿐입니다. 오해하지 마세요.

나는 진진에게 휩쓸려 가지 않기 위해 정신을 바짝 차리려고 노력했다.

소설은 현실의 상징입니다. 상징이 바로 리얼리티라고요. 당신은 훌륭한 리얼리즘 소설을 쓴 겁니다.

진진이 반박했다.

제 소설이 리얼리즘이라고요? 그것도 훌륭한?

논리적 비약을 멈추라고 경고하고 싶었지만 나는 나도 모르게 이렇게 되묻고 있었다. 의외였다. 내가 그토록 듣고 싶은 말을 진진에게 듣게 되다니. 그 순간 진진이 적이 아니라 동지라는 생각이 싹텄던 것 같다. 머릿속에는 도서관에 진진이 쓴 책들이 꽉 찬 광경이 그려졌고, 나는 진진이 쓴 『홍학이 된 사나이』를 읽고 있었다.

나는 고개를 내젓고 상상에서 깨어났다. 실질적인 방법으로 넘어가기로 했다. 꿈은 누구나 꿀 수 있는 것이었다. 꿈을 현실화시키는 게 어려워서 그렇지.

책마다 고유의 ISBN 번호가 있는 건 아시죠? 도서관 바코드는 또 어쩌고요?

내가 지적했다. 그러자 진진은 ISBN과 도서관 바코드를 위조하는 과정을 보여줬다. 꽤나 전문적이었다. 물에 불려서 떼고, 스캔과 포토샵으로 조작하고, 인쇄하고, 붙이고…….

저는 단순히 돈을 벌고자 하는 게 아닙니다. 제 목표는 모든 도서관에 있는 책을 다시 쓰는 작업을 하는 겁니다. 그 과정이 하나의 소설이자 예술이죠.

위조 작업을 하면서도 진진은 입을 쉬지 않았다.

어느 순간이었다. 어느 순간 나는 진진과 마주앉아서 차를 마시고 있었고, 어느 순간부터 진진의 아이디어가 현실성 있게 느껴지기 시작했다. 진진의 말은 일리가 있는 것 같았다. 왠지는 모르겠지만 적어도 나보다는 현실적인 인간이라는 생각도 들었다. 다른 범죄에 비해 위험 부담도 적은 것 같았고, 책 도둑이 뭐 그리 나쁜 건가 싶기도 했다. 그것도 단순히 훔치는 게 아니라 예술로서 보답한다니까 그 예술의 완성도와는 별개로 나름 양심적인 것 같기도 하고. 어느 순간 왜 이렇게 진진을 호의적으로 생각하는지 모르겠다는 생각이 들었다. 혹시 진진이 측은했나. 아니면, 그의 작업이 예술로서 가치가 있었다고 생각했나. 아니면, 진진이 다시 쓰고 있는 고전들이 혐오스러웠나. 그래서 나도 그 과정에 동참하고 싶었던 건가. 여기에 답은 없다. 되돌아보면, 무엇보다 결정타는 그가 내 소설을 훌륭한 리얼리즘이라고 상찬한 순간이었던 것 같다. 그 순간 나는 진진과 동행할 결심을 했는지도 모른다.

그렇게 나는 진진과 협업에 동의했다. 진진은 우리 둘이 뭉치면 한국문학을 재패할 거라는 둥, 한국문학의 황금기를 이끈다는 뜻에서 골든보이즈라는 공동 필명을 만들면 어떠냐는 둥 장광설을 늘어놓은 끝에 내가 책 대여만 도와주면 작업은 더욱 활기를 띠고 수익률도 좋아질 거라고 아마도 진짜 하고 싶었을 말을 덧붙였다.

아, 잠깐. 확실히 해둘 게 있어요.

진진이 목소리를 내리깔았다.

수익 배분은 7:3. 물론 7이 접니다.

진진이 속삭였다.

수익은 다 가지세요. 책은 얼마든지 대여해드 릴게요. 대신 발각되면 단독 범행인 겁니다.

내가 답했다. 애당초 진진과 돈을 나눌 생각 따위는 없었다. 진진은 만족하는 눈치였고, 공짜 로 협력해준다는 게 믿기지 않는 듯 내 눈치를 살 폈다.

단, 하나 조건이 있어요.

당연히 나도 염두에 둔 게 있었다. 진진이 귀를 기울이는 게 느껴졌다.

혹시 진짜 상주 작가가 될 생각은 없나요?

이게 바로 내 조건이었다.

어떻게 보면 충동적이라고 할 수도 있다. 그날 진진과 말을 섞으면서 상주 작가 직위를 유지하 면서도 상주 작가에서 벗어날 수 있는 방안을 떠 올렸으니까. 돌이켜보면 상주 작가는 확실히 인 생과 커리어를 돌아보는 계기가 됐던 것 같다. 내 또래면 중소기업을 다녀도 연봉 5천을 받을 텐데. 나는 절반도 안 되는 연봉으로 뭐 하는 건가 회의가 들었다. 똥 소리 연구, 마이크 찾기, 연체 독촉, 초등학생과의 추격전과 노인과의 논쟁. 머릿속에서 이력서를 채울 키워드를 맞추다 보니 스스로가 한심해졌고 조바심이 났다. 언제부턴가 임기가 끝난 뒤 실업 급여를 타면서 취직 준비를 해야겠다는 다짐을 거듭하고 있었다. 어쩌면 상주 작가란 나태하기 짝이 없는 작가의 정신을 뜯어고치기 위한 일종의 정신 개조 사업이라는 생각도 들었다. 패배를 인정하는 동시에 소설에 전력을 다하는 건 이번이 마지막이라고 예감했던 것 같다. 소설에 혼신의 힘을 기울여야 한다는 생각도 싹트고 있었다. 마이크는 내가 짊어진다 치더라도, 여타 업무를 하는 시간이 아까워서 견딜 수 없었다. 트러블 없이 임기를 마무리하기 위해서는 진진이 필요했다. 답십리도서관 상주 작가가 되기 위해 태어난 인간, 진진 말이다. 협상은 수월했다. 나는 월급의 반을 대가로 제안했고 진진은 흔쾌히 수락했다.

진진은 답십리도서관 상주 작가가 됐다. 진진

은 생일 선물을 받은 아이처럼 기뻐하면서 내가 설마 그런 제안을 할 줄은 몰랐다고 진심으로 고마워했다. 나는 진진에게 답고독부터 맡겼다. 내가 가장 피하고 싶은 업무인 데다가, 다른 사서들이 퇴근한 뒤 진행됐고, 유일한 회원인 KC는 시력이 약해서 진진과 나를 구별하지 못할 것이기 때문이다. 비선 상주 작가의 첫 업무로 제격인 셈이다.

상주 작가는 진진의 천직이었다. 진진은 나와 달리 논쟁을 즐겼다. 세 번째 수업이었나. 진진과 KC는 『안나 카레니나』로 토론을 했다. 톨스토이가 아니라 진진의 『안나 카레니나』로 말이다. 진진이 자신의 작품과 거장의 작품을 일반인의 시선에서 견줘볼 절호의 기회라면서 설레어 했던 게 기억난다. 나 역시 궁금해서 먼발치에서 그들을 지켜봤다.

진진은 역시 나보다 문학을 사랑했다. 나 같으면 1세대 로봇처럼 선 채로 버티기 급급할 텐데, 진진은 당하고 있지만은 않았다.

이 소설은 쓰레기입니다!

KC가 노기를 띤 채 『안나 카레니나』를 허공에 흔들었다.

화학은 폐기물이에요. 체내에 칩 넣는 세상에 누가 주기율표 같은 걸 외운다고!

진진이 맞받아쳤다. 진진이 열 받은 건 당연했다. KC가 비판하는 건 진진이 쓴 작품이기 때문이다. 영문을 모르는 KC는 의아해했다.

작가 선생이 쓴 작품도 아닌데 왜 이렇게 화를 내는 겁니까? 전엔 이 정도는 아니었는데. 그러고 보니 다른 사람 같은데요? 뭔가 과격해진 것 같아요. 멍청한 건 똑같은데…… 아닌데…… 기운은 비슷한데…… 그 특유의 음울한 작가들의 기운 말이야.

KC가 말했다. 불투명한 각막으로 강의실을 휘저으면서 나를 찾는 것 같았다. 나를 찾는 불안한 눈동자는 하나 더 있었다. 바로 진진이었다. 진진은 KC의 말에 놀랐는지 나를 바라보며 병든 소처럼 눈만 끔뻑거렸다.

걸리면 안 되는 거 아니야?

진진이 입 모양으로 물었다. 나는 손바닥을 아래로 내리는 제스처를 취하며 진정하라고 했다.

그러고 보니 작가 선생…… 목소리가 좀 변한 것 같은데요? 혹시 다른 사람인가. 어이, 작가 선생 여기 있습니까?

그때 KC가 체온 감지 시스템이라도 가동한 듯 내 쪽으로 손을 뻗으며 말했다.

무슨 소리입니까?

진진이 당황해서 빠르게 말했다.

아무래도 저기 한 사람이 더 있는 것 같은데?

KC가 중얼거렸다. 나는 숨을 죽인 채 진진 곁으로 다가갔다.

ㄲㄲㄲㄲㄲㄲ.

그리고 웃기 시작했다. 진진을 향해 고개를 끄덕이며.

ㄲㄲㄲㄲㄲㄲ.

그러자 진진도 웃었다.

ㄲㄲㄲㄲㄲㄲ.

계속해서 우리는 웃었다.

작가 선생, 웃는 겁니까? 실성했어요? 아니면

우는 건가? 혹시 내가 작가 선생을 못 알아봐서?

KC는 주위를 두리번거렸다. 우리는 계속해서 _끄끄끄끄끄끄끄_거렸다.

미안합니다. 나이가 들어서 그래요.

KC는 결국 _끄끄끄끄끄끄끄_에 굴복하고 말았다.

작가 선생, 무슨 일이 있었습니까? 강해졌구만. 두 사람이 힘을 모은 것 같아요. 그래, 과학자에게 덤비려면 작가 둘은 있어야지.

KC가 덧붙였다. 그래, 빈정대야 KC답지.

진진이 상주 작가로 거듭나는 동안 나는 도서 절도 시스템을 진행했다. 요령도 생겼다. 장기간 도서관을 이용하지 않은 주민의 이름으로 책을 대출하면 절대 발각될 리 없었다. 그 무렵, 도서관 업무 체험은 끝났다. 다른 도서관 상주 작가 중 누군가가 상주 작가가 도서관 업무를 하는 건 부당하다며 민원을 넣었고, 정부에서는 상주 작가가 작품 활동에 집중할 수 있도록 조치하라는 지시를 하달했기 때문이다. 그와 동시에 관장은 다시 마이크를 찾으라는 이야기를 꺼내들었다.

ㄲㄲㄲㄲㄲㄲ.

그리고
웃기 시작했다.
진진을 향해
고개를 끄덕이며.

ㄲㄲㄲㄲㄲㄲ.

그러자 진진도
웃었다.

ㄲㄲㄲㄲㄲㄲ.

계속해서 우리는
웃었다.

똥!

그리고 동시에 민활성의 음성이 다시 들리기 시작했다. 관장을 피해 옥상에 숨어 있을 때부터였던 것 같다. 오랜만에 들리는 음성이라 반가울 지경이었다.

아직도 EE 배 속에 있니?

나는 옥상 밖으로 소리 질렀다. 내 목소리가 메아리쳤다.

똥!

민활성이 화답했다.

관장의 요구는 날이 갈수록 집요해졌다. 여전히 EE가 내가 아는 유일한 단서였다. 불현듯 EE가 출몰했던 날 창고 근처에 진진도 있었다는 사실이 떠올랐다.

어디에서 누군가 똥이라고 외치는 것 같지 않아요?

나는 진진을 떠봤다.

똥이요?

진진은 고개를 갸웃했다.

안 들려요?

내가 다시 물었다. 진진은 내 말은 건성으로 듣고 있었다. 진진은 다음 주 답고독 선정 도서인 밀란 쿤데라의 『불멸』을 쓰고 있었다. 이 두꺼운 책을 서둘러 써야 하니 방해하지 말라고 툴툴거리면서. 나는 본론으로 들어갔다. 괴물은 보지 못했냐고 물은 것이었다.

괴물이요?

진진이 노트북에서 고개도 돌리지 않은 채 건성으로 대꾸했다.

작가님이 절 가둔 날이요. 그 창고에.

내가 말했다.

어떤 괴물인데요?

난쟁이. 키는 요만하고.

또?

책을 먹어요.

그리고?

똥으로 끝나는 단어를 좋아해요.

그거 재미있네요.

진진이 흥미를 보였다.

소똥.

진진이 이어서 말했다.

개똥.

내가 말했다.

말똥.

쥐똥. 이렇게요?

진진이 키득거렸다.

장난하는 거 아니에요. 진지해요.

내가 말했다.

그 괴물, 어떻게 만들어졌는데요?

진진이 물었다.

내가 만들었죠.

작가님이?

진진이 나를 한심한 눈길로 바라봤다. 나는 고개를 끄덕였다.

이래서 작가들이 안 된다니까.

진진은 고개를 되돌리곤 다시는 내게 말을 걸지 않았다.

계약은 반년이나 남아 있었다. 남은 기간을 마

이크나 찾으며 허비할 수 없었다. 나는 『나는 자급자족한다』 퇴고를 접어놓고 마이크를 찾는 데 전념했다. 똥 소리는 끊임없이 들렸지만 EE는 두문불출했다. 창고 앞에서 서성여도 EE는 나타나지 않았다. 나는 초심으로 되돌아갔다. 문제의 근원, 민활성의 행적을 찾아 나선 것이다. 일단 도서관 연계 강의를 자청하여 학교에 갔다. 그러나 민활성은 없었다. 수소문해 보니 민활성은 지난겨울 삼성전자 주재관인 부친을 따라 미국으로 유학을 갔다고 했다. 이상했다. 민활성의 목소리는 EE의 배 속에서 들리고 있었다. 민활성이 EE의 배 속에 있다는 의미였다. 그런데 미국으로 유학 갔다고? 도무지 이해할 수 없었다. 그럼 민활성이 없는데도 목소리가 들리는 거란 말인가. 환청을 듣는 건가. 내가 무언가 착각하고 있는 건가?

민활성과 조우한 건 그로부터 한 달이 지나고 여름방학이 시작된 뒤였다. 나는 관장의 지시로 자기PR 특강을 맡았다. 초등학교 고학년을 대상으로 전교 회장이나 학급 반장 출마 연설문 따위를 쓰는 수업이었다. 학부모들이 직접 요청한 거라며 관장이 꽤 신경 쓰고 있는 눈치였다.

자기PR 수업을 듣는 50여 명의 학생들은 수업 내내 심드렁했다. 이해한다. 인스타그램 사진 이쁘게 찍는 법 따위를 기대하고 들어왔는데, 웬 소설가 아저씨가 진정한 자랑은 표현하지 않고 성취하는 법이라는 뜬구름 잡는 소리나 하고 있으니까. 그래도 수업을 하다 보니 학생들과 나의 이해관계가 맞아떨어지는 부분이 있어서 수월해졌다. 시간 때우기 말이다. 우리는 일종의 동업자였다. 나는 월급을 받기 위해, 학생들은 학부모의 극성에서 벗어나기 위해 암묵적 합의를 한 것이다.

민활성을 만난 건 자기PR 수업을 마친 뒤였다. 복도로 나갔더니 민활성은 게시판에 있는 여름방학 특강 강좌 안내문을 읽고 있었다. 젖살이 빠져 볼이 홀쭉해져 있었고 키도 부쩍 커서 내 어깨까지는 오는 것 같았다. 유학 이야기는 익히 들어 알고 있었지만 눈앞에 실체가 있으니 더욱 혼란

스러웠다. 진짜 민활성이 살아 있잖아? 민활성은
EE의 배 속이 아니라 내 눈앞에 있잖아? 다른 방
법이 없었다. 직접 확인해보는 수밖에.

똥!

내가 외쳤다. 민활성은 나를 슬쩍 보더니 다시
게시판으로 고개를 돌렸다.

똥!

나는 다시 한번 외쳤다. 민활성이 다시 나를 바
라보며 고개를 갸웃했다.

저요?

민활성이 되물었다. 목소리도 제법 굵어져 있
었다.

너, 민활성이지?

내가 물었다. 민활성이 기억을 더듬는 듯 눈을
찌푸린 채 나를 뚫어져라 바라봤다.

혹시 작가 아저씨?

민활성이 물었다. 나는 고개를 끄덕였다. 우리
는 인사를 나눴다. 민활성은 내가 살이 쪄서 못 알
아봤다고 했다.

상주 작가가 편한가 봐요? 살이 좀 붙으셨네요?

민활성이 실실거렸다. 살이 찐 건 사실이었다. 진짜 편해서인지 아니면 관장의 닦달 때문에 스트레스를 받아서 그런지 10킬로그램은 불어 있었다. 나는 민활성에게 유학 갔다는 이야기를 들었다고 했다. 민활성은 방학이라 할머니집에 왔다고 했다. 나는 유학 생활은 어떻냐고 물었다.

저도 상주 작가나 할까 봐요. 괜히 유학 가서 고생이에요. 스페니시 새끼들한테 인종차별도 당하고. 지들이 백인인 줄 안다니까. 한국보다도 못 사는 나라 새끼들이.

민활성이 기다렸다는 듯 징징거리기 시작했다.

상주 작가가 되는 법 수업은 안 하세요?

민활성이 물었다.

작가 자격증만 따면 되나요?

민활성의 질문은 끊이지 않았다. 나는 설명하기 귀찮아서 스무 살이 되면 작가 자격증 취득 시험을 칠 수 있다고 둘러댔다. 민활성은 유학을 포기하고 한국으로 돌아가서 상주 작가가 되겠다는 이야기를 엄마한테 했는데 상주 작가는 사회 낙오자나 하는 거라는 답이 돌아왔다고 했다.

아저씨 진짜 낙오자예요?

민활성이 물었다.

글쎄…… 낙오자의 기준이 어떻느냐에 따라 다르지 않을까?

나는 말끝을 흐렸다. 그 뒤 나는 화제를 돌리기 위해 여긴 어쩐 일이냐고 물었다. 민활성은 자기 PR 수업을 들었다고 했다.

살이 어찌나 쪘는지 수업을 들었는데도 작가 아저씨인 줄 몰랐다니까요!

똥 소리만 안 했다 뿐이지 장난기 어린 말투는 여전한 것 같았다. 나는 미국에서도 회장 선거에 나가는 게 중요하냐고 물었다. 민활성은 어학원을 수료한 뒤 보스턴 명문 미들스쿨을 컨택하는 중인데 자기소개서가 필요하다며, 방학 때 게임이나 하느니 도서관에서 무료 수업이나 들으라고 부모님이 억지로 시켰다고 투덜거렸다.

안부는 여기까지. 나는 곧 본론으로 들어갔다. 마이크의 행방을 캐물은 것이다.

마이크요?

민활성은 마이크라는 단어를 처음 들어본 것처

럼 생각에 잠겼다. 내가 겨울방학 동시 특강 때 마이크를 갖고 달아나지 않았냐고 하자, 민활성은 고개를 갸우뚱했다. 제가요? 제가 마이크를요? 라고 되묻는 듯한 표정이었다.

똥이라고 도서관이 떠나갈 듯 외쳤잖아.

내가 덧붙였다.

똥······이요?

민활성이 되물었다.

네가 제일 좋아하는 단어였잖아. 영어로 해줘야 하나? 영어로는 똥이 뭐지? 덩? 쉿? 푸?

괜히 열 받아서 조금 언성을 높였던 것 같다.

그래서 아까 저보고 똥이라고 했던 거예요?

민활성이 나를 수상한 눈길로 바라보았다.

예상과는 달랐다. 수도 없이 머릿속에서 그렸던 그림이 아니었다. 내가 그린 그림은 민활성을 붙잡아서 마이크 절도범 너를 체포했다!라고 외치면 민활성이 무릎을 꿇으며 제발 살려주세요, 라고 애원하는 것이다. 민활성의 눈물을 닦아준 뒤 교훈을 주는 장면이 이어진다. 그 뒤 관장에게 마이크를 툭 던져주곤 진정한 도서관 관장이란 입신양명이 아니라 책을 사랑하는 마음으로 움직이는 거라고 충고한다. 아니, 다 생략하자. 민활성에게 마이크를 돌려받고 반납하기만 해도 족하다. 민활성을 꾸중하지도 않을 것이다. 아니, 굳이 마이크를 찾지 않아도 된다. 민활성이 마이크를 분실했다고만 해줬으면 좋겠다. 관장은 잊어버렸으니 어쩔 수 없다며 변상을 요구한다. 나는 30만 원을 헌납하면서도 행복하다. EE가 망상이라는 확신만 있으면 된다. 그런데 그 그림은 무참히 찢어졌다. 민활성이 마이크와 똥을 기억하지 못함으로써. 나는 김이 빠진 채 민활성을 추궁하는 장면을 상상했다. 네가 기억도 못 하는 그 마이크. 이젠 네 기억에도 없는 그 마이크로 말미암아 상주 작가 자리가 얼마나 위태로웠는지 아냐고 말이다. 내가 스트레스를 받아서 살이 찐 이유는 다너 때문이라고 말이다.

그러나 현실에서 나는 가만히 있을 수밖에 없었다. 도서관의 진정한 갑은 관장이 아니었다. 바로 학부모였다. 마음 같아서는 민활성의 멱살이라도 잡고 싶었지만 도서관에서 마이크 분실보다 무서운 건 학부모 클레임이라는 사실이 떠올라서 참았다. 그때 우리 곁으로 유치원생들이 고래고래 소리를 지르며 달려왔다. 민활성은 과거를 회상하듯 멀거니 유치원생들을 눈으로 따라가고 있었다.

아…… 마이크…… 이제 떠올랐어요. 죄송해요.

어느 순간 민활성이 갑자기 사과를 했다.

저 아이들을 보니까 기억나요. 그 마이크를 들고 이 강의실 밖으로 달려 나갔었는데. 내 뒤로는 친구들이 따르고. 재환이랑 진영이었나.

민활성이 기억을 더듬었다.

그래서…… 그래서 마이크는 어디에 있는데?

내가 물었다. 민활성은 대답 없이 넋 나간 표정으로 아이들을 바라보고만 있었다.

어디 있냐고?

내가 민활성의 어깨를 툭 쳤다. 민활성은 눈을 내리깔더니 이 도서관에 뒀다고 했다. 나는 구체적으로 어디에 있냐고 물었다.

아마 전산실 창고일 거예요. 공사를 하느라 파헤쳐져 있고 아무도 오지 않아서 귀신 놀이를 하러 그 창고에 많이 갔거든요. 그날도 마이크를 들고 창고에 숨었는데 친구들이 오지 않았고 무서워졌던 게 어렴풋이 떠올라요. 급하게 도망 나오느라 마이크를 창고에 두고 나온 것도요.

민활성이 고백했다.

네 말대로 창고에 있다고 치자. 마이크는. 그런데 왜 자꾸 소리가 들리지?

내가 물었다.

소리가 들린다고요?

민활성이 반문했다. 불현듯 머릿속에 스쳐 가는 생각이 하나 있었다. 현재 민활성은 변성기였고, 마이크에서 들리는 소리는 분명 변성기 전 소년의 목소리였다. 둘은 다른 존재였다. 그럼 누구 목소리지? EE의 배 속에 들은 건 대체 누구지?

똥!

공교롭게도 그때 소년의 목소리가 머리 위에서 울려 퍼졌다. 나는 저 목소리라며 허공을 향해 고갯짓했다.

무슨 소리요?

민활성은 허공을 두리번거렸다.

안 들려?

내가 물었다.

똥!

또 소리가 들렸다.

지금 들리잖아. 지금.

작가님 말 듣고 보니까 들리는 것도 같고 아닌 것도 같고. 그런데 뭐라고 들리나요?

똥.

똥이요?

민활성이 실소했다.

혹시 네 목소리 아니야?

내가 물었다.

전 지금 작가님 앞에 있는데요?

민활성은 킬킬거렸다.

질문을 바꿀게. 네 목소리였던 거 아니야?

저는 보스턴에 있었다니까요.

민활성이 갑자기 웃음을 멈추고 퉁명스럽게 말했다.

네가 아니면 대체 똥이라고 외치는 사람은 누군데?

그걸 제가 어떻게 알아요?

민활성의 얼굴이 붉어졌다. 그럼 민활성이 버린 마이크를 다른 아이가 주워서 장난을 치는 건가. EE가 그 아이를 삼킨 건가. 경찰서에 가서 답십리도서관 인근 실종 아동 리스트라도 조회해봐야 하나? 아니다. 만약 도서관에서 실종된 아동이 있었다면 난리가 났을 것이다.

그때는 좋아했는지 몰라도 더 이상 똥을 좋아하지 않아요.

민활성의 목소리는 기어들어 갔다. 나는 이유를 물었다.

백인 새끼들이 저를 화장실에 가둬놓고 똥을 퍼부은 이후 생각하기도 싫다고요.

민활성이 답했다.

네가 아니라면 그 목소리가 누구일까?

내가 물었다. 민활성은 어깨를 으쓱했다.

모른다고? 그 창고 안에서 들리는 목소리……
괴물 배 속에 든…….

잠깐…… 괴물이요?

분명 민활성의 목소리에는 긴장이 깃들어 있었다.

너 창고에서 괴물을 봤지?

내가 물었다. 민활성의 표정이 티 나게 일그러졌다.

너 봤구나!

내가 다그쳤다. 주가조작이라도 발각된 것처럼 민활성의 눈빛이 요동쳤다.

너 민활성 맞아?

나는 민활성의 어깨를 잡고 눈을 바라봤다. 민활성은 입을 굳게 다물고 있었다.

너 활성이 맞냐고!

나는 민활성의 어깨를 흔들었다. 민활성이 마구 흔들렸다. 그 순간이었다. 누군가 내 손을 낚아챘는데, 다름 아닌 민활성의 보호자였다. 그는 지금 뭐 하는 거냐고 나를 추궁했다. 나는 입을 다물었다. 민활성은 상주 작가 선생님이라며 보호자를 말렸다. 보호자는 나를 잠시 노려보더니 민활성을 데리고 발걸음을 돌렸다.

나는 그 자리에 굳은 듯 서 있을 수밖에 없었다. 민활성은 복도 끝으로 사라지고 있었다. 그런데 어느 순간 민활성이 뒤로 돌아 나를 바라봤다. 형

형한 눈빛이 아직도 생생하다. 민활성이 보호자를 뿌리치며 내게 달려왔던 것도. 나는 살기를 느꼈다. 달아나고 싶었지만 몸이 움직이지 않았다. 그때 민활성이 내 귀에 입을 댔다.

혹시 그 난쟁이가 말하는 거예요?

민활성이 속삭였다. 으스스한 숨결이 느껴졌다. 나는 민활성을 바라봤다. 민활성은 허기진 EE처럼 입을 달싹였다. 그때 저 멀리서 민활성을 부르는 소리가 들렸다.

굿잡, 맨.

민활성이 내게 고개를 끄덕이곤 보호자를 향해 달려갔다.

민활성은 마이크를 창고에 두고 나왔고⋯⋯ EE를 알고 있는 것 같지만⋯⋯ 막상 EE의 배 속에 있는 건 민활성이 아니다? 민활성을 만난 뒤 머릿속은 더욱 뒤죽박죽 얽혀버렸다. 혼자 끙끙 앓다가 진진에게 민활성과 마이크와 EE에 대한 이야기를 털어놓았다. 진진은 놀란 기색 하나 보이지 않았다. 여전히 건성으로 내 이야기를 듣는 듯했다. 『카라마조프가의 형제들』을 다시 쓰느라 바빴기 때문이었다.

민활성이 아니면 그 목소리가 누굴까요?

내가 물었다.

그런데 지금 쓰고 있는 소설 이야기하는 거죠?

진진이 되물었다. 나는 다시 설명하려다가 성가셔서 그냥 그렇다고 했다. 다른 사람이 들었을 때 내 이야기는 어차피 소설과 다를 바 없다는 생각이 들어서였다.

고민할 필요 있을까요? 작법의 문제 같은데, 상징이란 게 그런 거잖아요. 상징은 열려 있기 마련이죠. 작가님이 정하고 쓴다고 그게 그대로 읽히지 않아요. 그대로 읽히면 오히려 하수 아닌가요? 상징은 우리가 만드는 게 아니라 독자들이 만드는 거죠.

진진이 타이핑 리듬에 맞춰 말했다.

작가인 우리는 목표를 향해 달리기만 하면 되죠.

진진이 타이핑을 멈추고 나를 보더니 숨을 크게 내쉬었다.

어쩌면 진진의 말이 맞을지도 모른다. 고민할 필요가 없었다. 나는 어차피 목소리의 정체를 가늠할 수 없었다. 어쩌면 실존하는 목소리가 아닌지도 몰랐다. 내면에서 울리는 가상의 목소리일지도 모른다. 영원히 알 수 없을지도 모르고, 백년 후쯤 누군가 이 소설을 읽곤 그럴듯한 해석을 할지도 모른다. 정해진 게 아니니까 고민해봤자 시간 낭비다. 나는 구체적인 목표만을 좇아 달리면 된다. 민활성이 EE에 대해 무언가 알고 있는 걸 보니 역시 마이크의 행방은 EE와 관련이 짙다. EE는 망상에서 빚어낸 게 아니라 현실적인 단서다!

다음 날부터 나는 작업실이 아니라 전산실 창고로 출근했다. 점심시간을 제외하고는 거의 창고에서 시간을 보냈던 것 같다. 한 달이 지나도록 창고는 잠잠했다. 간혹 똥 소리가 들리는 것 같긴 했지만 EE는 코빼기도 보이지 않았다. 나는 EE를 유혹했다. 소똥…… 말똥…… 개똥…… 그러다 지치면 소설을 퇴고했다. 현재도 나는 창고에 상주하는 중이고, 앞으로도 그럴 예정이다.

내가 마음 놓고 창고에 상주할 수 있었던 건 답십리도서관 상주 작가 덕택이다. 진진 말이다. 나는 상주 작가에 할당된 예산으로 답십리 토박이이자 소설가인 진진을 지역사회 문학 가이드로 임명하는 게 어떻겠냐고 제안했고 관장은 흔쾌히 승낙했다. 그 뒤로 진진이 작업실에 상주해도 아무도 의심하지 않았다.

진진을 만난 지도 오래다. 마지막으로 봤을 때 진진은 기획서를 내밀었다. A4용지 다섯 장에는 상주 작가 프로그램 기획서가 빽빽하게 적혀 있었다. 답십리도서관 인근 역사적 공간을 배경으로 한 릴레이 소설 집필. 답십리동이 등장하는 고전 발굴.「상담」의 상담 프로그램을 재현. 지역사회 뮤지션들과 문학작품을 가사로 한 협업. 나는 관장에게 진진의 기획서를 보고했다. 관장은 극찬했다. 특히 직접 지역사회와 소통하는 걸 마음에 들어 했다. 예전에 건넸던 소극적인 기획안에

새벽 5시.

오늘도 나는

출근 도장을 찍고

계단을 오른다.

서 드디어 탈피했다면서 도서관 체험 프로그램을 이수한 뒤 진정한 상주 작가로 거듭난 것 같다는 말도 했다. 마이크만 찾으면 완벽한 상주 작가가 될 거라는 잔소리도 잊지 않았다.

새벽 5시. 오늘도 나는 출근 도장을 찍고 계단을 오른다. 새벽이라 도서관은 텅 비어 있다. 전산실 창고에 가기 전에 열람실 문학 서가에 들러야 한다. 어제 진진이 요청했던 『잃어버린 시간을 찾아서』 초판본을 대출해야 하기 때문이다. 1954년 출간된 책이고 시중에는 절판됐으며 중고 서점에 팔면 20만 원 정도의 가치가 있다고 진진이 말했다. 나는 적당한 주민의 이름을 빌려 『잃어버린 시간을 찾아서』를 대출한다. 3층. 흘긋 보니 진진은 새벽부터 작업실에 있는 모양이다. 무슨 책을 다시 쓰고 있는지 궁금하지만 묻지 않는다. 나는 『잃어버린 시간을 찾아서』를 작업실 옆 사물함에 넣고 발걸음을 돌린다.

나는 전산실을 거쳐 창고로 들어선다. 가방을

내려놓고 책을 쌓아 만든 책상에 노트북을 올려 놓는다. 『나는 자급자족한다』 파일을 열고 깜빡이는 커서를 지켜보다가 드러눕는다. 천장 위에서 기적이 들리는 것 같다.

EE?

내가 묻는다.

똥!

누군가 외치는 것 같다.

EE 똥.

내가 말했다.

사람 똥.

누군가 말을 잇는 것 같다.

네 똥.

내가 말한다. 천장이 슬며시 열린다. 누군가 자그마한 머리를 디민다. 어린 시절의 민활성이다. 민활성의 손에는 마이크가 들려 있다.

내 똥.

민활성이 마이크에 대고 말한다.

우리 똥.

나도 속삭인다.

이제부턴 정말 휴머니즘뿐이야!

─『인간만세』로 본 오한기론

강보원(문학평론가)

자급자족단

"나는 어떤 특별한 무언가로부터 자신이 걸작을 썼으며 천재임에 틀림없다는 느낌을 안게 되었습니다…… 나는 빅토르 위고가 70세에 느낀 것, 1811년 나폴레옹이 느낀 것을 느꼈습니다. 요컨대 나는 영광을 느꼈던 것입니다…… 내가 쓴 것은 빛에 쌓여 있었습니다. 나는 커튼을 닫았습니다. 나의 펜에서 나오는 빛이 창문 틈새로 밖으로 새어나가는 것이 두려웠기 때문입니다."…… 1897년 『대역』이 르메르 출판사에서 출판되었을 때 루셀은 "커다란 감동을 안은 채"

밖으로 나갔지만 거리에서는 아무도 그를 알아보는 사람이 없다는 것을 깨달았을 때 그의 "영광의 감각과 빛은 갑작스럽게 사라지고 말았다." 당시의 충격은 상당히 큰 것이어서 루셀은 전신에 붉은 반점이 생기는 병이 생겼고 그 이후로 자네의 말에 따르면 "피해망상의 기묘한 한 형태를 수반한, 우울증의 발작이 시작되었다"고 한다.[1]

레이몽 루셀이 그의 첫 작품인 장편의 운문 소설 『대역』을 완성하고 출판했을 당시의 심정이 담겨 있는 이 글에는 너무 많은 오한기적 모티프들이 들어 있어서, 마치 루셀이 오한기를 위해 자신의 일생을 준비해둔 것처럼 보이기까지 한다. 걸작을 쓰겠다는 일념으로 모든 삶을 쏟아붓는 작가, 그에 대한 공상에 가까운 희망, 그러나 아무도 알아주지 않는 현실, 우울증, 충격, 발작, 피해

---

1 오종은, 「옮긴이 후기」(레이몽 루셀, 『로쿠스 솔루스』, 오종은 옮김, 이모션북스, 2014, 358~359쪽).

망상까지. 게다가 그의 첫 작품의 제목인『대역』
은『인간만세』의 가장 중요한 모티프이기도 하
며, "전신에 붉은 반점이 생기는 병"이 정확히 오
한기의 홍학을 가리킨다는 데에까지 이르면…….
하지만 루셀을 진정한 의미에서 오한기적인 인물
로 만드는 것은 단순히 이런저런 유사성이 아니
라, 바로 그가『나는 내 책 몇 권을 이렇게 썼다』
라는 책의 저자이기도 하다는 사실이다.

　『나는 내 책 몇 권을 이렇게 썼다』는 제목 그대
로 루셀이 자신의 작품을 쓴 방법론을 밝히는 책
이다. 일반적으로 작가의 역할은 작품을 쓰는 것
이고, 그것을 해석하고 분석하는 것은 비평가 내
지는 독자의 일이다. 작가는 단지 기다릴 수 있을
뿐인데, 왜냐하면 작품의 의미란 반드시 타자를
경유해서만 생산될 수 있는 것이기 때문이다. 루
셀의 시도는 바로 이 과정을 무시한다. 즉 그는 기
다리지 않는다—마치 진진이 기다리지 않는 것
처럼. 그는 정의상 불가능한 것처럼 보이는 타자
의 자리에서 자신의 작품을 비평한다. 바로 이 점
이 중요하다. **그는 자급자족하고 있었던 것이다.**

이 사실이 중요한 이유는 자급자족이 『인간만세』의 주제이기도 하기 때문이다. 은행을 털기 위한 예행연습으로 도서관의 책을 통째로 훔치는 진진의 이야기 「상담」으로부터 시작하는 이 작품은 문학의 가치를 극단적으로 부정하는 교수-로봇 KC와 똥, 진진, '현실의 진진', 민활성, EE까지를 종횡무진하는 도무지 한마디로 정리하기 어려운 소설인 것처럼 보인다. 하지만 이 소설을 거칠게나마 요약하는 몇 가지 방법 중 하나는 이 작품이 오한기가 답십리 상주 작가로 지내며 『나는 자급자족한다』라는 작품을 완성하기까지의 이야기라고 말하는 것이다. 그렇다고 한다면 『인간만세』에 등장하는 창작론은 이 작품을 일반적인 의미에서의 메타 소설로 읽게 만드는 요소일 뿐만 아니라, 동시에 『나는 자급자족한다』라는 구체적인 작품의 자가 비평으로 읽게 만드는 것이기도 하다. 즉 『인간만세』는 오한기 버전의 『나는 『나는 자급자족한다』를 이렇게 썼다』인 것이다.[2]

그 증거는 이 소설의 주요 소재가 똥이라는 점이다. 눈치챘겠지만 똥은 자급자족의 과정에서 가장 핵심적인 요소이다. 자급자족이란 내가 생산한 것을 내가 소비하고, 내가 소비한 것을 바탕으로 다시 내가 소비할 것을 생산하는 자족적 체계, 즉 소비의 대상과 생산의 대상이 일치하는 무한동력의 체계이다. 그것이 기계일 경우에 무한동력 기계는 자신이 소비한 전기를 이용해 자신을 가동할 전기를 생산한다. 인간일 경우에는 자신이 소비한 음식을 이용해 자신이 섭취할 음식을 생산한다. 그런데 인간이 음식을 소비하고 생산하는 것은 똥이다. 자급자족의 논리는 이 똥을 다시 음식으로 받아들인다. 이로부터 우리는 자급자족의 가장 간결한 공식을 도출할 수 있다: 똥 =음식. 인간과 구분할 수 없는 외관을 지니고 있으며 똥을 음식으로 삼는 EE의 존재는 이 글의 주제가 자급자족임을 말해준다.

그런데 오한기의 강력한 주장에 따르면("나는

---

2 『인간만세』를 인용한 경우에는 ( )로,『나는 자급자족한다』(오한기, 현대문학, 2018, 이후『자급자족』으로 약칭)를 인용한 경우에는〈 〉로 쪽수를 표기한다.

……고릴라처럼 가슴을 세차게 두드렸다. 이게 리얼리티야! 진짜 리얼리즘이라고!"(41쪽))『인간만세』는 한 편의 리얼리즘 소설이기도 하다. 물론 소설가도 현실을 살아가는 한 명의 사람이며, 그를 둘러싼 현실이 있다. 그러므로 소위 말하는 소설가 소설, 혹은 메타 소설도 어떤 의미에서는 리얼리즘이라고 말하는 것은 충분히 가능하다. 하지만 오한기의 소설을 두고 리얼리즘이라고 말할 때 여기에는 보다 강한 의미가 있다. 즉 오한기에게 메타 소설은 가능한 유일한 리얼리즘이며, 이러한 방식 외에 다른 리얼리즘은 가능하지 않다는 것이다. 그렇다면 문제는 다음과 같다:『자급자족』에 대한 자가 비평은 어떻게 현실에 대한 유일한 리얼리즘으로 작동하는가?

빈곤한 이들의 담론

얼핏 황당무계해 보이는 오한기의 소설을 리얼리즘으로 읽게 해주는 첫 번째 실마리는 리얼리즘이 언제나 빈곤에 대한 것이며, 빈곤은 또한 오한기의 바로 그 주제라는 점이다. 사실 오한기만큼 빈곤을 정면으로 다루는 작가는 없다. 『자급자족』은 어떤 소설이었는가? 오한기에 따르면 "이 글의 주제를 빈곤이라고 할 수도 있"〈18쪽〉다. 이 빈곤은 해설에서 지적되었듯 물질적 빈곤일 뿐 아니라 글쓰기 자체의 빈곤이기도 하다.[3] 그런데 『자급자족』에 대한 자가 비평이 동시에 리얼리즘이 되는 지점을 찾기 위해서는, **자급자족으로부터 직접적으로 연원하는 빈곤**을 찾아야 한다. 글의 서두에서 참조했던 레이몽 루셀의 사례를 좀 더 자세히 살펴보자. 작품을 비평하고 해석한다는 것은 단순히 이미 그 작품이 가지고 있던 비밀을 밝혀내는 행위일 수 없다. 비평은 오히려 자신의 해석을 사후적으로 작품에 귀속시킴으로써, 그것을 언제나-이미 작품의 비밀이었던 것으로 정립함으로써 작품의 비밀을 생산한다. 이 비밀

---

3 한영인, 「소설가와 자급자족의 이상」(『자급자족』 작품 해설).

의 생산과 보증을 가능하게 하는 전제는 작품의 침묵이다. 왜냐하면 비밀은 그것을 알지 못하는 상태의 타자를 전제하며, 반드시 타자의 발견이라는 행위 이후에만 정립될 수 있기 때문이다. 그러므로 어떤 작품을 쓴 작가 자신이 직접 작품이 어떻게 쓰였는지를 설명할 때, 거기에는 이 비밀의 생산과 정확히 반대되는 과정이, 타자에 의해 밝혀져야 하는 것의 소실—즉 **비밀의 파산**이 있는 것이다. 따라서 우리는 자급자족으로부터 필연적으로 귀결되는 이 빈곤을 작가 이상이 의미심장한 방식으로 거부하고자 했던 바로 그 가난이라고 말할 수 있다. "사람이 비밀이 없다는 것은 재산 없는 것처럼 가난하고 허전한 일이다."[4] 오한기의 빈곤이란 이 비밀의 빈곤이며, 이로부터 그의 소설의 가장 핵심적인 형식이 도출된다.

그것이 음모론이다. 스파이물이었던 『자급자족』이 그 자체로 '자급자족단'을 둘러싼 음모론적

---

4 이상, 「실화」, 『이상 소설 전집』, 권영민 책임편집, 민음사, 2012, 202쪽.

서사였던 것을 기억하자. 『인간만세』에서도 음모론적 모티프가 여기저기서 발견된다. 이 소설을 시작하는 단편 「상담」에 등장하는 진진은 "주사파 정권이 김정은과 손잡고 고려연방제를 주창할 거라는 주장을 입버릇처럼"(8쪽) 하는 인물이다. 진진을 상대하는 도중에도 화자는 "일본 정보부에 40년째 쫓기고 있다는 주민 하나가 하루에도 몇 번씩 탄원서를 다듬어달라고 작업실 문을 두드리는 통에 숨어 다니느라"(14쪽) 고생을 한다. 그러나 음모론자들을 피해 다니는 것 같은 오한기 자신도 음모론자인 것은 마찬가지다. 똥에 대한 상상을 이어가던 화자는 "국가 차원에서 50명 이상의 궁둥이를 닿지 못하게 하라고 안내할 수도 있지만, 공공 시설을 주로 이용하는 서민층의 지지를 얻어내기 위해 일부러 숨기고 있는 것일지도 모른다"(38쪽)고 생각하며 "상상을 확인해보고 싶"은 마음에 "국무총리의 페이스북에 궁둥이 한도에 대해 눈치챘으니 털어놓으라는, 서민의 공공화장실을 담보로 정치를 하지 말라는 DM을 남"(38쪽)긴다.

음모론은 비밀에 관한 담론처럼 보이지만 실은 그 정반대이다. 비밀이란 스스로는 보이지 않는 것이 보이는 것과 맺는 관계이다. 비밀은 언제나 이렇게 말한다: 여기에는 네가 보는 것 이상의 무언가가 있다. 비밀은 평범한 것의 외관에 보이지 않음을 덧붙임으로써 차이를 생산한다. 즉 비밀이란 본질적으로 구별 짓기, 유사성에 대한 방어이며, 그런 한에서 그것은 반드시 희소한 것이어야 한다. 한편 음모론이 비밀의 가장 극단적인 반대항인 이유는 그것이 유사-비밀의 형식을 갖기 때문이다. 음모론은 비밀의 자기모순, 유사성의 거부와 유사한 것이다. 음모론 역시 이렇게 말한다: 여기에는 네가 보는 것 이상의 무언가가 있다. 그러나 음모론이 결정적으로 거부하는 것은 이 보이지 않는 무언가의 희소성이다. 이로부터 음모론은 비밀의 제한된 경제를 폭파시킨다. 음모론의 관점에서 보이지 않음은 아무리 여러 번 덧대어져도 여전히 보이지 않기 때문에 그것은 무한히 생산될 수 있으며, 특정한 대상이 배치된 권력적 지형과 무관하게 가시성의 모든 영역에서 발견될 수 있어야 한다. 따라서 음모론의 유일한 귀결은 비밀의 인플레이션이며 비밀의 가치 폭락, 비밀의 파탄이다.

문제는 이 비밀의 파탄이 진실의 파탄이기도 하다는 것이다. 음모론이 진정으로 원하는 것은 진실이다. 그리고 한낱 사실들과 구분되는바 진실은 언제나 그 숱한 사실들보다 더 가치 있는 것이며, 이 가치는 또한 이를 보증해주는 담론 자체의 가치로부터 생산되어야만 한다. 하지만 음모론은 그것에 공식적이고 상식적인 목소리가 결코 대답하지 않는다는 것, 그들이 무시당하며 주목할 만한 가치가 전혀 없다는 그 자신의 빈곤으로부터 진실을 생산한다. "공중화장실에 그런 비밀이 있다니. 세계 정상들이 숨기고 있는 걸 보면 충분히 설득력 있지 않은가."(39쪽) 여기에도 자급자족의 구조가 있다. 음모론은 그들이 보고자 하는 것을 끝내 보고야 만다. 거기에 진실이 있으리라 믿기 때문에 모든 것에서 바로 그 진실을 찾아낸다. 국립대 화학 교수 출신인 KC가 찾는 '진실'은 문학에는 실은 어떤 가치도 없다는 것이다. 그는 모든 사람에게 대체 소설이 무슨 가치가 있는 거냐고 묻지만, 상대가 "무슨 말을 해도 KC의 대답은 하나다. 과학은 문학보다 위대합니다."(27쪽) KC가 만나는 사람마다 문학에 무슨 가치가 있냐고 묻는 이유는 그가 진실을 갈구하기 때문이다. 그가 매번 똑같은 답만 하는 이유는 이 진실의 갈구 속에서 이미 그의 진실을 얻기 때문이다. 그리고 이 문답이 반복되는 이유는 아무리 많은 진실을 발견하더라도 그것이 여전히 무의미하기 때문이다. 하지만 음모론의 진실이 무의미한 것은 그것이 사실에 부합하지 않기 때문이 아니다. 그것이 무의미한 이유는 그것이 결정적으로 비밀을 결핍하고 있기 때문이다. 비밀은 권력이며, 차이를 만들며, 희소하다. 진실은 그것이 진실이기 때문에 희소한 것이 아니라, 희소하기 때문에 진실의 위치를 차지한다. 한편 음모론이 갈구하는 것은 진실의 무한한 확장, 도처에서 진실을 찾아내기, 그러므로 진실을 통째로 잃기, 진실의 자급자족으로부터 진실의 가치를 폐기하는 절대적인 평등이다.

그런 의미에서 음모론은 빈곤한 담론이며, 동시에 빈곤한 이들의 담론이기도 하다. 이는 음모론에 항상 핍박받는 빈곤한 주체의 형상이 등장하는 이유를 설명해준다. 그들은 언제나 속임당하고, 기만당하며, 착취당한다. 그들은 그들로부터 생성된 막대한 부에서 소외되어 있다고 믿는다. 물론 이 믿음이 언제나 사실에 부합하는 것은 아니다. 하지만 따지고 보면 음모론자가 아니어도 사람들의 믿음은 사실에 부합하지 않을 때가 훨씬 더 많다. 또한 우리가 음모론이 단지 거짓일 뿐만 아니라 허구에 의존해 현실의 모순을 외면하고 때로 가장 취약한 계층을 공격하는 데 쓰인다는 이유로 음모론자를 비난할 때, 우리는 음모론이 그 모든 비난을 받는 이들이 의지할 수 있는 유일한 대상이기도 하다는 점을 잊곤 한다. 음모론자들의 빈곤은, 그것이 이데올로기적일 수 있다는 사실에 의해 더더욱 강화되는 그러한 빈곤이다. 그러므로 그들은 "가난한 데다가 공허하기까지"⟨19쪽⟩ 하다. 왜냐하면 그 가난조차 '실제로는' 그들의 것이 아니기 때문이다. 음모론은 이 모든 방면에서 소외된 이들, 가장 빈곤한 이들의 유일한 친구다. 그리고 오한기에 따르면 "우정만큼 인간의 심금을 울리는 건 없다. 더불어 우정은 문학의 은유다. 쓰잘데기없지만 있어도 나쁘지 않은 것. 그게 문학과 우정이다."(57쪽) 그러므로 음모론보다 더 리얼리즘에 적합한 형식은 없다.

모사품들

음모론이 리얼리즘의 형식이라면, 자급자족은 그에 가장 적합한 주제다. 앞서 도출했던 공식인 똥=음식에서 보이듯 자급자족의 문제는 구분 불가능성이다. '똥인지 된장인지 모른다'는 속담은 정확히 이 문제를 다루고 있다. 즉 이 구분 불가능성은 먼저 외관의 유사성으로부터 오는 것이며, 이 유사성을 넘어 대상의 차이를 구분하지 못하는 사람은 어딘가 좀 모자란 사람, 현실성이 부족한 사람으로 간주된다는 것이다. 하지만 오한기가 보기에 문제는 이렇다. 똥과 된장이 그토록 다르다면 애초에 그 둘은 왜 그렇게까지 닮았는가? 이러한 관점에서 똥과 된장의 구분 불가능성은 단지 주체의 무능인 것만이 아니라, 본질적으로 다른 두 대상을 이미 닮은 것으로서 생산할 수밖에 없는 현실 그 자신의 무능이기도 하다. 그러므로 현실성을 잃고 비현실적이 되는 것은 현실 그 자체다. 오한기가 무슨 못된 심보가 있어서 똥=음식이라고 주장하며 모든 것을 섞어놓으려는 것은 아니며 그는 현실에서 벌어지고 있는 일을 소설로 썼을 뿐인 것이다. 오한기의 두 명뿐인 선배 중 한 명인 찰스 부코스키도 같은 요지의 해명을 한 적이 있다. "내가 '사디즘'에 대해 쓴다면, 그게 존재하기 때문이죠. 내가 발명해낸 것은 아닙니다. 그리고 뭔가 끔찍한 행위가 내 작품 속에서 일어난다면, 그런 일들이 내 인생에서 일어나기 때문입니다."[5]

5   찰스 부코스키, 『글쓰기에 대하여』, 박현주 옮김, 시공사, 2016, 281쪽.

신분증이 선생님 신분을 증명하는데도 부인하
니까 흥미롭네요. 이름 전창진. 마약 전과 5범.
선생님이 소지하고 계셨던 가방에서도 다량의
마약이 발견됐습니다. 공항버스에서부터 수상
한 움직임을 보았다고 증언한 사람들도 많아
요.〈75쪽〉

　말하자면 이런 일들이 일어난다. 『자급자족』
의 화자는 스파이가 된 이후 받은 첫 임무에서 '전
창진'이라는 위장신분으로 비행기를 타려 하지만
붙잡히고 만다. 상황이 심각하게 돌아가자 그는
자신을 취조하는 요원에게 자신은 전창진이 아니
며 이것은 위장일 뿐이라고 털어놓지만 상대는
이를 믿지 않는다. 그가 실제로는 전창진이 아니
라는 현실은 꾸며낸 신분증과 그에 얽힌 서사 앞
에서 아무 힘도 갖지 못한다. 한번 유포된 괴담은
현실 속에서 "저절로 부풀고 왜곡돼 여기저기 떠
돌다"〈224쪽〉니며, 창작자의 통제권마저 벗어
난다. "내가 쓴 내용에서 비롯됐지만 어디까지가
괴담이고 어디까지가 사실인지 모르겠다. 이제

176

와서는 나로서도 구분해낼 재간이 없다."〈224쪽〉 외관의 유사성은 현실과 픽션이라는 경계선을 무너뜨리며 관철된다. 이는 동시에 같아 보이는 것들을 다르게 만들었던 깊이, 그것들이 보이지 않음의 형태로 간직해야 했던 비밀의 부재를 가리키기도 한다. 이로부터 우리가 보는 것은 현실과 픽션의 구분 불가능성으로부터 글쓰기의 가능성을 길어내는 역량이 아니라, 오히려 보이는 것에의 전적인 항복이다. 그러므로 『자급자족』의 화자는 최근에 무엇을 버렸냐는 질문에 이렇게 대답할 수밖에 없는 것이다: "양심. 꿈. 목표. 자존심. 걸작을 쓰고 싶은 마음."〈54쪽〉 걸작은 그것의 모사품인 아류들로부터 구분됨으로써만 걸작이 되는데, 이 비밀의 부재는 그것들을 구분할 방법이 전혀 없으며 따라서 걸작 또한 애초부터 존재하지 않았다는 것을 말해준다.

그런데 중요한 건 이 걸작의 비존재가 무엇보다 현실 그 자체의 비존재로부터 연원하는 결과라는 사실이다. 『인간만세』의 공무원 후배는 이렇게 조언한다. "시대상을 반영해야 소설은 미래에도 가치가 있는 거라고. 그래서 리얼리즘이 위대한 거야!"(35쪽) 여기서 핵심은 리얼리즘 소설에 흔히 따라붙기 마련인 세계에 대한 통찰과 같은 것이라기보다 우선은 현실과 픽션의 구분 그 자체이다. 소설은 소설이 아닌 다른 어떤 것을 지시함으로써, 그것과의 차이와 거리를 통해 자신의 깊이를 산출한다. 하지만 소설이 지시해야 할 대상인 현실이 픽션과 구분할 수 없게 된다면 소설은 자신의 지시대상을 상실하고 압착되고 만다. 소설이 아무리 현실을 매개 삼으려 해도 그것이 발견하는 것은 또 하나의 픽션일 뿐이며, 이는 소설이라는 글쓰기 형식을 자급자족의 궁지로 몰아넣는 것이다.

이 유사성과 구분 불가능성은 『의인법』[6]에서부터 오한기를 괴롭혀왔던 바로 그 주제이다. 하지만 전작들에서 이 구분 불가능성이 주체의 무능과 세계의 무능 사이의 어떤 긴장 속에 놓여 있었던 반면 『자급자족』에 이르러서 그것은 돌이킬

6 오한기, 『의인법』, 현대문학, 2015.

수 없는 것이 된다. 말 그대로 모든 것이 모사품에 불과한 것이다. 『자급자족』의 화자는 스파이가 되기 위해 전설적인 스파이 '미아'와 영상통화를 통해 면접을 본다. 면접 도중 미아가 자신이 지금 어디에 있는 것 같냐고 묻자, 화자는 영상의 배경에서 보이던 놀이터를 근거로 그곳을 일본이라고 추측한다. 하지만 그곳은 "놀이터가 아니라 스튜디오 같은 실내였"⟨46쪽⟩으며, 미아가 앉아 있던 "벤치 뒤편으로 거대한 스크린이 설치돼 있"⟨46쪽⟩었을 뿐이다. 핸드폰의 스크린 속에서 발견되는 것은 실재가 아니라 또 다른 스크린이다. 현실이 그것의 모사품인 픽션과 구분되지 않는다면, 현실을 이루는 재료인 실재는 그것의 모사품인 이미지와 구분되지 않는 것이다. 그 결과는 세계 자체의 전면적인 실종이다.

　『인간만세』의 '도둑맞은 마이크'는 바로 이 실종된 실재이다. 그러므로 이 마이크를 되찾는다는 것은 소설이 지시할 수 있는 명백한 현실을 되찾음으로써 소설 쓰기의 가능성을 회복한다는 것을 의미한다. 그런데 리얼리즘은 꼭 현실을 반영

한다고 곧바로 성취되는 것은 아니다. 여기에는 하나가 더 필요한데, 그 현실에 대한 특정한 반응이다. 그리고 진진의 말을 빌리면 이는 "욕망을 되살리는"(12쪽) 문제이기도 하다. 정신분석학자 라캉이 남긴 단 한 권의 책이자 욕망에 대한 바로 그 책인 『에크리』를 시작하는 첫 글이 에드거 앨런 포의 소설을 다룬 「「도둑맞은 편지」에 관한 세미나」라는 사실은, 도난이 언제나 욕망과 모종의 관계를 맺고 있음을 함축한다. 그렇다면 어떤 욕망인가? 처음에 마이크에 걸려 있는 것은 관장의 오점 없는 경력과 권력에 대한 야망일 뿐이며, 화자는 자신과는 전혀 무관한 관장의 욕망 때문에 곤욕을 겪고 있는 것처럼 보인다. 하지만 화자가 같은 종류의 마이크를 사 왔을 때 관장이 길길이 날뛰며 하는 말로부터 우리는 이것이 정확히 소설에 대한 것임을 알게 된다. "당장 환불하고 똑같은 걸 가져와요. 동일한 일련번호가 매겨진! 후배님 지문이 새겨진!"(55쪽) 관장이 요구하는 것은 구별될 것, 작가로서 자신만의 '목소리'를 가질 것이다. 똑같이 생긴 다른 마이크로 대체될 수 없는 것, 이 고유성을 획득하는 것만이 "완벽한 상주 작가"(157쪽)가 되는 길인 것이다.

물론 이는 불가능한 요구이다. 하지만 중요한 건 이 불가능해 보이는 요구가 실은 화자의 욕망이기도 하다는 것이다. 라캉의 말대로, 인간의 욕망은 타자의 욕망이다. 화자의 욕망은 부인된 형태로 관장의 불합리한 요구로서 나타난다. 그러므로 이 고유성이 결코 획득될 수 없는 것이라 할지라도, 여전히 화자는 마이크를 찾는 행위를 "아주 오랜만에 문학에 온전히 집중할 수 있는 기회"(76쪽)라고 느끼며, 이 기회를 통해 "노트북에 똥이나 마이크에 관한 시편들"(77쪽)을 하나씩 쌓아나간다. 하지만 마이크를 열심히 찾으려고 하면 할수록 확실해지는 것은 이 도난 사건의 범인이 자신의 창작물인 EE라는 말이 되지 않는 사실뿐이다. 이로부터 결론이 도출된다. "나는 지고 있다. 분명 내가 창작해낸 환상에 지고 있는 것이다. 이게 나의 리얼리즘이다."(98쪽) 그리고 이것은 우리가 찾던 그 반응이기도 하다. 보리스 그로이스는 리얼리즘이 묘사하는 대상이 "현실 그 자체가 아니라 이상을 실현하는 데 실패한 충격으로 인해 고통받는 인간의 심리"라고 썼다.[7] 오한기가 "진정한 리얼리즘"(39쪽)을 욕망하기 때문에, 리얼리즘을 가능하게 하는 현실이 존재하지 않는다는 사실은 "이상을 실현하는 데 실패한 충격"을 가져오며, 그것은 다시 리얼리즘적 고통이 된다. 우리는 여기서 문자 그대로 자급자족과 리얼리즘의 떼려야 뗄 수 없는 관계를 발견한다. 소설이 필연적으로 자급자족적일 수밖에 없다는 사실은 리얼리즘적 통찰의 결과일 뿐 아니라 리얼리즘을 가능하게 하는 원인인 것이다. 그리고 이 과정 자체는 자급자족적이다. 그러므로 그것은 다시 리얼리즘을 가능하게 한다. 그리고 그것은 다시……

7 보리스 그로이스, 「새로운 리얼리즘에 관하여」, 이유니 옮김, <호랑이의 도약>(http://tigersprung.org/?p=2378).

길을 잃는 이들

'문자 그대로'라는 말을 썼으니 말이지만, 오한기의 소설에 대해 이야기할 때 중요한 것 중 하나는 문자 그대로라는 말이 정말이지 문자 그대로의 의미로 받아들여져야 한다는 것이다. 이 이상해 보이는 말을 이해하기 위해서는 자급자족적 일치가 철저히 비변증법적인 성격을 갖는다는 점을 강조해야 한다. 예컨대 우리가 픽션과 현실이 구분되지 않는다는 말을 변증법적으로 이해할 때, 우리는 우리의 현실이 사실은 픽션으로 이루어져 있음을 발견하는 것이다. 즉 여기서 무너지는 것은 현실이라는 개념 자체이다. 그러나 오한기에게서 현실은 현실이고, 픽션은 픽션이다. **그럼에도 불구하고, 그와 동시에** 현실과 픽션이 일치하는 것이다. 이는 이 자급자족적 일치가 현실의 실종으로 파악되는 이유이기도 하다. 다시 말해 여기에는 변증법적 종합이 아니라, 대립되는 것의 즉각적인 일치가 있다. 오한기의 소설을 그토록 생경하게 만드는 것은 바로 그의 소설을 지

배하는 이 비변증법적 성격이다. 이는 그의 소설이 엉렁뚱땅 쓰였으며 허무맹랑한 이야기에 지나지 않는 것처럼 보이는 이유이자, 그의 소설이 어떤 구조를 갖는다고 해도 흔히 말하듯 '소 뒷걸음질 치다 쥐 잡은 격'처럼 보이는 이유이기도 하다. 하지만 요점은 오한기가 바로 뒷걸음질의 전문가라는 사실에 있다. "나는 뒤로 걷는다. 시간을 되돌리고 싶은 것이다."〈187쪽〉 게다가 우리는 『가정법』[8]의 '병든 암소'가 불쌍한 생쥐 '잭'을 잡는 것에 결코 실패하는 일이 없었다는 것 또한 잊지 말아야 한다. 『가정법』의 '변신'은 변증법이 아니라 변증법의 가장 철저한 부정이다. 그는 뒷걸음질의 전문가이면서 소이자 쥐잡이의 전문가인 것이다…….

비변증법적 사유를 했던 또 한 명의 작가는 발터 벤야민이다. 한나 아렌트에 따르면 벤야민은 "법석을 떨지 않고서도, 일체의 '매개들'을 피하면서도, 상부구조를 이른바 '물질적' 하부구조에 직접 연

---

8   오한기, 『가정법』, 은행나무, 2019.

결"하며, 이는 "다른 사람들이 '속류 마르크스주의적' 내지는 '비변증법적' 사고라고 낙인찍은 바로 그것"[9]이다. 변증법적 사유의 전제는 '그것은 그것이 아니다'이다. 어떤 대상 안에는 그 대상에 속하지 않는 무엇인가가 반드시 포함되어 있으며, 변증법적 종합의 '매개'란 밖에서 오는 것이 아니라 이 대상 내부의 비-대상을 가리키는 이름일 뿐이다. 이에 반해 비변증법적 사유란 매개 없이 사유하는 것이며, 브레히트의 더 단순한 표현을 따르자면 투박하게 생각하는 것이기도 하다. "주된 것은 투박하게 생각하는 법을 배우는 것이다. 투박한 사고, 그것은 위대한 자들의 사고다."[10] 그리하여 위대한 자들 중 한 명인 오한기는 투박하게 사고하며, 그것이 그것이도록 놓아둔다.

게다가 소설의 완성도를 높이기 위해서는 똥에

---

9   한나 아렌트, 『발터 벤야민 : 1892-1940』, 이성민 옮김, 필로소픽, 2020, 56쪽.

10   한나 아렌트, 같은 책, 59쪽.

대한 새로운 사유를 모색해야 하는데, 나는 똥을 다른 시각으로 바라볼 수 없는 타입이다.

나는 똥에 대한 지극히 대중적인 관념을 갖고 있는 사람이다. 똥은 아름답지 않고 불결하다. 게다가 나는 추함이 아름다움이라고 생각하지 않고 아름다움이 아름다움이라고 생각하는 평범한 심미안을 갖춘 사람에 불과하다. 나를 과대평가하지 않는 건 나의 가장 큰 장점이다. (42~43쪽)

"똥에 대한 새로운 사유"란 똥에 대한 변증법적 사유, 즉 똥이 단순히 똥이 아니게 되는 지점을 찾는 사유다. 그것이 "소설의 완성도를 높이기 위해서" 필요한 이유는 이 사유가 또한 정확히 문학적인 사유이기도 하기 때문이다. 잘 알려져 있는 것처럼 문학이란 아무런 가치가 없다고 여겨지는 것에서 가치를 발견하며, 의미가 아니라 무의미를 추구한다. 그러나 오한기의 의문은 이렇다. 무의미라는 것이 결국 변증법적으로 의미보다 더 값진 것이 된다면, 도대체 무의미를 추구한다는 말은 하나의 속임수에 지나지 않는 것은 아닌가? 그리고 알겠지만, 음모론자들이 가장 싫어하는 것이 바로 속는 것이다. 오한기는 이 문학적 변증법에서 장 보드리야르와 같은 인상을, 즉 "예술은 음모이고 우리는 불가피한 음모의 희생자—거의 완전범죄나 다름없는 것의 희생자이자 공범자라는 인상"[11]을 받는다.

따라서 자급자족의 능력을 구분의 무능력이라고 했을 때, 중요한 건 이 구분 불가능성으로부터 서로 대립되는 것들이 일치된다는 사실뿐 아니라, 이 매개 없는 즉각적인 일치의 낙차로부터 발생하는 충격 그 자체이기도 하다. 조금 멀리 돌아왔지만 오한기에게서 문자 그대로라는 말이 더욱이 문자 그대로 이해되어야 한다는 말은 그가 이 충격을 고스란히 보존하고자 한다는 뜻이다. 예컨대 문학작품을 읽는 일이 본질적으로 오독이라

---

11   장 보드리야르, 「환상, 환멸 그리고 미학」, 『보드리야르의 문화읽기』, 배영달 옮김, 백의, 1998, 24쪽.

고 말하기는 쉽다. 그러나 누군가의 오독으로 인해 파생되는 파탄들을 감당할 것이냐고 했을 때 (가령 "명예훼손 죄로 고소당한"(15쪽) 경우) 그것은 전혀 다른 문제가 된다. 마찬가지로 모든 쓰기는 다시 쓰기라고 말하는 것도 가능하다. 그러나 정말로 도서관의 책을 훔치고 그것을 다른 내용으로 다시 써서 채워 넣는 것은 또 다른 차원의 일이다……. 오한기의 소설은 바로 그 차원에서 쓰인다. 여기서 우리는 비유가 문자 그대로의 의미로 전락하는 것을 본다. 변증법을 거부하는 것, 그것은 '원관념=보조관념'이라는 등식에 은밀히 포함된 거리를 제거하는 것이며, 이 비유를 그것이 감당해야 하는 모든 현실적 결과들과 함께 밀어붙이는 일이기도 하다. 라캉이 "속지 않는 자가 길을 잃는다"고 말할 때 오한기의 인물들은 "길을 잃으면 속지 않는다"라고 외치며 서슴없이 길을 잃는다. 이러한 사고방식에는 어떤 철저한 현실성의 관념이 있다. 「상담」에서 화자에게 자신이 은행을 털 계획이며 그 예행연습으로 도서관을 털 것이라고 말하던 진진이 갑자기 "이 계획이 새어 나가면 작가님을 죽일 거예요"(13쪽)라고 말할 때 우리는 웃는다. 하지만 다시 생각해보면 이는 지극히 당연한 행동이다. 계획을 털어놓은 이상 그것이 완전범죄가 되기 위해서는 화자의 입을 막아야만 하기 때문이다. 우리를 당황시키는 것은 계획과 그것의 실현 사이에 응당 있기 마련인 거리의 삭제이다.

이와 같은 논리는 무차별적으로 적용되며 끝나는 일도 없다. 가령 "시작은 머리로 하는 것이 아니고 심장으로 하는 것도 아니고 몸으로 하는 것이다. 온몸으로 밀고 나가는 것이다"(65쪽)라는 김수영의 유명한 '온몸의 시론'도 진진에게서는 그 비유의 거리를 상실하고 "무기 없이 맨손으로 싸웁시다. 온몸으로 싸웁시다. 온몸으로 동시에 싸웁시다"(65쪽)라는 결투장으로 변한다. 이 모든 직접성은 아무것도 고양시키지 않으며, 비장하면 비장할수록 우스워질 뿐이다. 의미들은 조각난 채 바닥에 떨어지고 오한기의 소설은 그 무의미의 바닥을 걷는다. 하지만 이 무의미는 문학뿐아니라 모든 예술의 궁극적인 목표이자 그것들의 바로 그 출발점인 고양되는 무의미가 아니다. 그것은 문자 그대로 무의미할 뿐인 무의미, 무의미를 둘러싼 모든 '주가조작'이 무의미함을 폭로하는 무의미, 반드시 의미를 가져야만 하는 모든 말들이 그 어떤 의미도 얻지 못하고 단지 실패할 뿐인 무의미이며, 무엇보다 떨어져서 온몸이 아프고 민망하고 체면이 상하는 그런 무의미, 그 안에서조차 가난한 그런 무의미이다.

그러므로 누가 되었든 이 무의미에 관심을 갖지 않는다고 해도 크게 이상한 일은 아니다. 하지만 이 무관심과 함께 오한기의 메타 소설은 동시에 유일하게 진정한 리얼리즘이 된다. 왜냐하면 그가 소설가로서 글쓰기의 빈곤에 대해 다룰 때 그것은 결코 현실의 빈곤에 대한 '비유'가 아니기 때문이며, 보다 정확히 말하면 그것은 여전히 비유로 남아 있기 위해 필요한 모든 거리를 상실했으므로 더 이상 비유일 수조차 없기 때문이다.

사랑

그런데 이 무의미가 문자 그대로의 빈곤을 의미한다는 사실은, 그것이 공짜로 얻어질 수 없다는 것을 뜻하기도 한다—가난하기 위해서는 돈을 추가로 지불해야 하는 것이다. 알겠지만 이것은 비유가 아니다. 가난이라는 말이 실질적으로 의미하는 것은 같은 돈을 빌리더라도 더 비싼 이자, 처음부터 좋은 제품을 사서 오래 쓰는 대신 싼 제품을 여러 번 바꾸느라 최종적으로는 더 많이 들어가는 비용, 보증금이 없으므로 더 비싼 월세, 물질적이거나 정신적인 모든 이유로 효율적인 지출 관리에 실패하므로 필연적으로 발생하는 탕진, 등등이다. 그리고 이 대가의 지불과 관련하여 반드시 알아둬야 하는 것은 오한기 소설의 '미친' 인물들이 결코 바보가 아니라는 사실이다. 관장, 진진, KC, 또 누가 되었든, 그들은 바보이기는커녕 속지 않기 위해 일생을 통째로 바친 이들이다. 그들이 『인간만세』의 화자를 집요하게 괴롭히는 이유는 그들이 화자로부터 받아내야 할 대가가 있다는 사실을 알고 있기 때문이다.

문제의 핵심은 그가 소설을 쓰고 있다는 사실에 있다. 관장은 정확히 이 지점을 지적한다. "문제는 그게 아니죠. 애티튜드가 문제입니다. 공공물품을 분실했으면 책임을 져야 하는데 도망 다니기나 하고."(104쪽) 관장의 요구는 명백하다. 책임을 지지 못하겠으면 그만두거나, 그만두지 않을 거면 책임을 지라는 것이다. 만약에 소설이 그토록 무가치하다면 소설 쓰기를 그만둬야 한다. 소설 쓰기를 지속할 것이라면 거기에 어떤 가치가 있음을 인정하고 그것을 추구해야 한다. 하지만 그는 모든 소설이 무가치하다고 말하면서도 여전히 소설을 쓰고 있는 것처럼 보인다. 이는 '도둑맞은 마이크'를 둘러싼 미스터리의 구조이기도 하다. 마이크가 단순히 분실된 것이라면 당연히 아무 소리가 들리지 않아야 한다. 그렇다고 민활성이 '똥' 소리를 외친 범인이라고 하기에는 그가 미국으로 떠났었다는 사실이 설명되지 않는다. 이렇듯 어떻게 설명해도 말이 되지 않지만 아무튼 '똥' 소리는 그치지 않는다. 음모론자에게 해

명될 수 없는 것은 언제나 감춰진 범죄를 의미한다. 이것이 그들이 끝끝내 화자를 추궁하는 이유이다.

물론 그는 항복하고자 한다. 관장에게는 "어차피 들을 잔소리"(77쪽)를 좀 들으면 되는 일이라 생각하며, 상주 작가 자리를 걸고 '문학적 대결'을 펼치자는 진진에게는 상주 작가 자리를 넘겨주겠다고 말한다. "문학에서도 현실에서도 당신이 이겼습니다. YOU WIN!"(68쪽) 오한기의 소설을 블랙코미디로 만드는 것은 이 항복이 받아들여지지 않는다는 사실이다. 하지만 이 항복의 거절이 의미하는 바는 그가 패배하지 않았다는 것이 아니라, 그것이 하나의 유의미한 태도이자 진술의 자격을 박탈당한다는 것이다. 게다가 이것은 애초에 받아들여질 리가 없는 항복이다. 왜냐하면 그는 그 항복에 대가를 지불하려 하지 않기 때문이다. 진진은 화자가 항복하겠다고 말할 때마다 거듭 묻는다. "그럼 월급도 주시는 겁니까?"(83쪽) 말할 것도 없이 이 돈은 화자에게도 꼭 필요한 것이다. 하지만 가난이란 원래부터 바로 그 최소한의 것이 없는 상태를 말한다. 그러니 정말 관장의 말대로, "에티튜드가 문제"인 것이다. 그는 최소한의 것을 보존하고자 한다. 화자의 인식 자체에는 아무 문제가 없다. 우리가 가진 것은 모사품들뿐이며, 걸작도, 리얼리즘도, 목소리도 존재하지 않는다. 심지어 그는 자신이 진진과 같은 미친 자들과도 달라 보이지 않는다는 것을 인정한다. 그러나 이 모든 인정과 항복을 통해 그는 은밀히 자신의 욕망을 그들과 **구분되는 것으로** 남겨두고자 한다. 그는 자신을 속지 않는 자로, 이 모든 욕망이 실현 불가능하다는 사실을 알고 있는 자로 남겨두려고 한다. 욕망이 거절된 것으로서 남아 있는 이상, 외재적인 원인으로 인해 실종된 것으로 남아 있는 이상 그것은 좌절되었을지언정 여전히 진실한 것일 수 있기 때문이다. 그리고 이것이 『인간만세』에서 다루어지는 진정한 범죄이다.

다시 말해 그가 받아들여야 하는 건 걸작의 비존재, 걸작과 모사품의 구분 불가능성뿐만이 아니다. 그는 걸작의 비존재에 대한 인식이 걸작을 쓰고자 하는 가장 강렬한 욕망과 또한 구분되지 않음을 받아들여야 한다. 그리고『자급자족』에서 "미아가 나를 카프카라고 부른 그 순간 이미 마음이 기울었던"〈82쪽〉 것처럼,『인간만세』의 화자는 진진으로부터 "당신은 훌륭한 리얼리즘 소설을 쓴 겁니다"(127쪽)라는 "그토록 듣고 싶은 말"(127쪽)을 들었을 때, 처음으로 진진을 자신의 진정한 동지로 받아들인다. 그는 자신의 욕망이 단 한 순간도 실종된 적 없이 바로 여기 있었음을, 그리고 그 욕망이 그가 보기에 가장 헛된 것을 추구하는 이들에게서조차, 동시에 오직 이들에게서만 충족될 수 있음을 인정한다. 그는 결코 실현되지 않는 진실한 욕망을 순수한 가상으로서 실현되는 욕망과 교환한다. 그제야 그는 항복하는데, 이 항복은 더 이상 항복이라는 말로 후퇴할 곳을 남겨두지 않는 항복, 말해지지 않고 다만 관철될 뿐인 항복이다.

우리가 사랑이라는 주제를 발견하는 것은 바로 이 지점에서이다. 롤랑 바르트는 이렇게 썼다. "사랑에 빠지는 것, 그것은 체면을 잃는 것과 그것을 용인하는 것입니다. 따라서 잃을 체면이 하나도 없는 것입니다."[12] 이 사랑과 함께 화자는 이 미친 자들과 연루되며, 공범이 되고, 대가를 치른 다. 진진은 답십리 도서관 상주 작가가 되어 실제 로 그를 대체하고, 화자는 진진을 통해 관장이 원 하는 "진정한 상주 작가로 거듭"(157쪽)나며, 자 신의 월급을 진진과 반으로 나눈다. 문학에 아무 런 가치가 없다는 것을 증명하고자 하는 KC를 떨 쳐내는 유일한 방법은 소설가로서 *그가 그 어떤 말이 되는 대답도 할 수 없음*을 인정하는 것, '*끄 끄끄끄끄끄*'라는 고장 난 로봇에서 날 것만 같은 기괴한 소리로 대답하는 방법뿐이다. 하지만 이 사랑에는 또한 어떤 근본적인 어긋남이 있는 것 처럼 보이기도 한다. 마르크스는 이 어긋난 사랑 에 대해 말한 적이 있다. "인간에 대한—그리고 자연에 대한—당신의 모든 관계는 당신의 의지의 대상에 상응하는, 당신의 **현실적·개인적 삶의 특 정한 표출**이어야 한다. 당신이 사랑을 하면서도

12   롤랑 바르트,『롤랑 바르트, 마지막 강의』, 변광배 옮김,
      민음사, 2015, 55쪽.

되돌아오는 사랑을 불러일으키지 못한다면, 다시 말해서 사랑으로서의 당신의 사랑이 되돌아오는 사랑을 생산하지 못한다면, 당신이 사랑하는 인간으로서 당신의 **생활 표현**을 통해서 당신을 **사랑받는 인간**으로 만들지 못한다면 당신의 사랑은 무력하며 하나의 불행이다."[13]

　"되돌아오는 사랑을 생산하지 못"하는 이 사랑은 스팸이미지의 사랑이기도 하다. 히토 슈타이얼은 「지구의 스팸: 재현에서 후퇴하기」라는 글에서 스팸이미지를 다룬다. 스팸이미지는 인간을 향해 발송되지만 오한기 식으로 말하면 "과도하게 발전한 보안 시스템(10쪽)"으로 인해 수신되는 일은 드물며, 인간의 재현물인 것처럼 보이지만 실은 그 어떤 인간도 재현하지 못한다. 다시 말해 그들은 원본을 갖지 못한 사본이자, 결코 도착하지 않는 편지, 차단당하고 전파의 형태로 우주를 배회하는 우스꽝스럽고 비현실적이며 빈곤한 이미지들이

13　칼 마르크스, 『경제학-철학 수고』, 강유원 옮김, 이론과실천, 2006, 181쪽 번역 수정.

다. 그런데 히토 슈타이얼에 의하면 "과잉 가시성과 비가시성 양쪽에 기거"하는 "이중간첩"[14]인 이 이미지들은 재현에서 도망치고 싶은 인간들에게 보호막을 제공하는 존재들이기도 하다.

아마도 …… 그들은 속삭이는 듯하다. "우리가 대역을 설 테니, 그 사이에 저들이 우리에게 태그를 붙이고 스캔하게 놔두라. 당신은 레이더를 피해서 할 일을 하라."고. 그게 무엇이 됐든, 그들은 절대 우리를 팔아넘기지 않을 것이다. 이에, 그들은 우리의 사랑과 존경을 받아 마땅하다.[15]

실재하는 인간의 '대역'으로서 스팸이미지는 인간을 스크린에서 감춰주며 보이지도 들리지 않는 곳에서 끊임없이 '인간만세'를 외치는 존재

14　히토 슈타이얼, 『스크린의 추방자들』, 김실비 옮김, 김지훈 감수, 워크룸프레스, 2018, 221쪽.

15　히토 슈타이얼, 같은 책, 223쪽.

들이다. 하지만 이 스크린 뒤에 있는 것이 또 다른 스크린일 뿐이라면? 원래 그곳에 있어야 할 현실과 함께 사랑을 돌려줘야 할 인간이 실종되었다면, 이제 그 어떤 가시성도 없는 스팸이미지들의 우주에서 그들은 무엇을 하는가?—그들은 스스로 사랑을 주고받는다. 다시 말해 사랑을 자급자족한다. 이 사랑은 그들 자신을 위한 것이 아니기에 은밀히 교환되어야 하며, 이것이 그들이 속삭이는 이유이다.『인간만세』의 마지막 장면에서 화자가 거주하는 전산실 창고는 지상과의 거리를 잃고 바닥에 떨어진 우주 공간처럼 보인다. 음모론과 편집증적 망상, 즉 서사와 사유의 세계에서 스팸에 불과한 그 우주를 자신의 세계로, 그가 사랑을 발견하고 사랑을 돌려받는 유일한 장소로 받아들임으로써 오한기는 음모론적 진실만큼이나 무가치하고 무한한 사랑을 발견한다. 아마도 그것이 슬픔이나 외로움과 구분되지 않는 것처럼 보이는 이유는 이 사랑의 교환이 완전범죄여야만 하기 때문일 것이다. 그리고 그것은 구분되지 않을 것이다. 왜냐하면 그것은 구분될 수 없기 때문이다. 이제 우리가 가진 것은 이 사랑의 유일한 증거이다. 그게 무엇인지는 이 글 곳곳에 나와 있다.

작가의 말

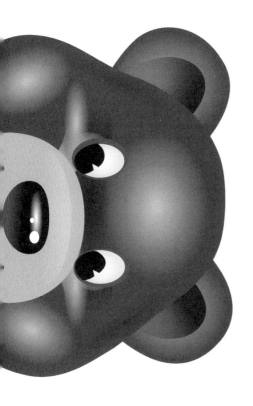

『인간만세』 초고를 쓴 뒤 성에 차지 않아서 진진이 나오는 다른 소설을 끄적이다가 결국『인간만세』로 되돌아왔다. 그 소설의 제목은『마름모 브라우니』.『마름모 브라우니』를 쓰고 나자『인간만세』가 비로소 마음에 들기 시작했다. 소설을 쓸 때마다 비슷한 순간들이 오곤 하는데, 다른 작가들은 어떤지 궁금하다. 무슨 의미가 있을지는 아직 모르겠지만,『마름모 브라우니』의 서두를 옮겨 적는 걸로 '작가의 말'을 대신하겠다.

일상에 대해 말할 시기가 온 것 같다. 내 유일한 관심사는 완벽한 브라우니를 찾는 것. 다른 건 아무래도 좋다. 나는 묵동에서 완벽한 브라우니를 찾는 데 실패했고, 새해가 밝고 오래지 않아 자양동 아파트로 이사를 했다. 옆집에는 기기가 살았다. 묻지는 않았지만 나와 나이가 엇비슷한 것 같았다. 어수룩한 말투, 작은 키, 굽은 등, 내성적인 표정에 마음이 갔다. 기기는 변호사였고 나는 무엇보다 그게 마음에 들었다. 곁에 법조인이 살면 든든했기 때문이다. 한동안 우리는 서먹하게 인사를 주고받는 사이였는데, 어느 날 밤 기기가 급히 클라이언트를 만나야 한다며 진진을 내게 맡겼고, 그 뒤로 인연은 이어졌다. 진진은 늙은 개였고, 나는 진진의 장례식에도 참석했다. 진진이 죽은 뒤 토요일 주말마다 우리는 같이 저녁을 먹었다. 지금도 불가사의다. 정치적 성향과 취향이 다른 듯해서 대화 상대로 그리 만족스럽지 않았고 기기도 그렇게 생각하는 듯했지만 우리는 이 모임을 이어나가는 데 불만이 없었다.

네가 또 클라이언트의 연락을 받은 뒤 출근해

버리고 나만 이 집에 남으면 여기는 내 집인가?

어느 토요일 저녁, 내가 물었다. 나는 근처 카페에서 사 온 브라우니를, 기기는 편의점에서 사 온 맥주를 먹고 있었다.

소유권에 대해 이야기하는 건가? 상징적인 의문인가? 아무튼 네 의문에는 구체성이 결여돼 있어. 전제돼야 할 명제들이 보이지 않는다고. 음, 어떤 게 있을까. 이 집이 내 명의인지, 전세인지부터 고려해봐야 해. 무엇보다 진짜 중요한 걸 하나 빼먹었어. 바로 진진의 영혼이야. 진진의 영혼은 항상 존재한다고. 내가 없어도 진진은 이 집에 살고 있어!

기기가 꾸짖듯 엄중한 목소리로 이야기했다. 보통 이런 식이다. 내가 엉뚱한 질문을 하면 기기가 꾸짖는? 왠지 기기가 꾸짖으면 샤넬처럼 믿음이 간다. 그 뒤 나는 말없이 브라우니를 쪼갰고, 기기는 역시 말없이 두 번째 캔을 땄다. 텔레비전이 틀어져 있었나 아니었나 기억이 나진 않는데 왜 당시를 떠올리면 〈델마〉의 몇몇 시퀀스가 눈앞에 스쳐 지나가는지 모르겠다.

그런데 우리 관계에는 이상한 지점이 하나 있었다. 기기는 나에 대해 묻는 법이 없었던 것이다. 어느 순간 주말 저녁 시간을 공유하는 사람이 나에 대해 아무것도 모른다는 게 께름칙하게 느껴졌다.

내가 누구인지 궁금하지 않아?

지난주였나, 참다못해 기기에게 따져 물었다. 기기는 듣는 둥 마는 둥 하다가 같은 질문을 몇 번 더 하자 고개를 내두르며 입을 뗐다. 기기는 당신 같은 타입은 자신의 궁금증을 충족시켜 주지 못한다는 결론을 내렸고 그래서 아예 당신에 대해 파고들지 않는 게 관계를 오래 유지하는 데 도움이 된다고 생각했다고 덧붙였다. 어느 정도 맞는 말이다. 확실히 나는 추상적으로 말하는 게 좋다. 그런데 기기는 논리적으로 말하는 걸 좋아한다. 나는 직업병 아니냐고 반문했는데, 기기는 살인마들은 대개 논리적이라고 답했다.

인간만세

초판 1쇄 2021년 5월 25일

지은이 오한기
펴낸이 박진숙 | **펴낸곳** 작가정신
편집 황민지 김미래 | **디자인** 이아름
마케팅 김미숙 | **홍보** 조윤선 | **디지털콘텐츠** 김영란 | **재무** 오수정
인쇄 한영문화사 | **제본** 대신문화사

주소 (10881) 경기도 파주시 문발로 314
대표전화 031-955-6230 | **팩스** 031-944-2858
이메일 editor@jakka.co.kr | **블로그** blog.naver.com/jakkapub
페이스북 facebook.com/jakkajungsin
인스타그램 instagram.com/jakkajungsin
출판 등록 제406-2012-000021호

ISBN 979-11-6026-230-8 03810